U0593404

时光太瘦 指缝太宽

丰子恺 等 著

河北出版传媒集团

花山文艺出版社

河北·石家庄

图书在版编目（CIP）数据

时光太瘦，指缝太宽 / 丰子恺等著 . -- 石家庄：
花山文艺出版社，2020.7（2021.8 重印）
ISBN 978-7-5511-5248-8

Ⅰ . ①时… Ⅱ . ①丰… Ⅲ . ①散文集 – 中国 – 现代
Ⅳ . ① I266

中国版本图书馆 CIP 数据核字（2020）第 102939 号

书　　名：**时光太瘦，指缝太宽**
SHIGUANG TAISHOU, ZHIFENG TAIKUAN
著　　者：丰子恺等

责任编辑　董　舸
责任校对　卢水淹
封面设计　安　宁
美术编辑　胡彤亮
出版发行　花山文艺出版社（邮政编码：050061）
　　　　　（河北省石家庄市友谊北大街 330 号）
销售热线：0311-88643221/29/31/32/26
传　　真：0311-88643225
印　　刷　朗翔印刷（天津）有限公司
经　　销　新华书店
开　　本　880×1230　1/32
印　　张　7
字　　数　193 千字
版　　次　2020 年 7 月第 1 版
　　　　　2021 年 8 月第 2 次印刷
书　　号　ISBN 978-7-5511-5248-8
定　　价　49.80 元

（版权所有　翻印必究·印装有误　负责调换）

目 录

第一章

时间是一座复杂的迷宫

渐

丰子恺 / 文

使人生圆滑进行的微妙的要素，莫如"渐"；造物主骗人的手段，也莫如"渐"。在不知不觉之中，天真烂漫的孩子"渐渐"变成野心勃勃的青年；慷慨豪侠的青年"渐渐"变成冷酷的成人；血气旺盛的成人"渐渐"变成顽固的老头子。因为其变更是渐进的，一年一年地、一月一月地、一日一日地、一时一时地、一分一分地、一秒一秒地渐进，犹如从斜度极缓的长远的山坡上走下来，使人不察其递降的痕迹，不见其各阶段的境界，而似乎觉得常在同样的地位，恒久不变，又无时不有生的意趣与价值，于是人生就被确实肯定，而圆滑进行了。假使人生的进行不像山坡而像风琴的键板，由do忽然移到re，即如昨夜的孩子今朝忽然变成青年；或者像旋律的"接离进行"地由do忽然跳到mi，即如朝为青年而夕暮忽成老人，人一定要惊讶、感慨、悲伤，或痛感人生的无常，而不乐为人了。故可知人生是由"渐"维持的。这在女人恐怕尤为必要：歌剧中，舞台上的如花的少女，就是将来火炉旁边的老婆子，这句话，骤听使人不能相信，少女也不肯承认，实则现在的老婆子都是由如花的少女"渐渐"变成的。

人之能堪受境遇的变衰，也全靠这"渐"的助力。巨富的纨绔子弟因屡次破产而"渐渐"荡尽其家产，变为贫者；贫者只得做佣工，佣工往往变为奴隶，奴隶容易变为无赖，无赖与乞丐相去甚近，乞丐不妨做偷儿……这样的例，在小说中，在实际上，均多得很。因为其变衰是延长为十年二十年而一步一步地"渐渐"地达到的，在本人不感到什么强烈的刺激。故虽到了饥寒病苦刑笞交迫的地步，仍是熙熙然贪恋着目前的生的欢喜。假如一位千金之子忽然变了乞丐或偷儿，这人一定愤不欲生了。

这真是大自然的神秘的原则，造物主的微妙的功夫！阴阳潜移，春秋代序，以及物类的衰荣生杀，无不暗合于这法则。由萌芽的春"渐渐"变成绿荫的夏；由凋零的秋"渐渐"变成枯寂的冬。我们虽已经历数十寒暑，但在围炉拥衾的冬夜仍是难以想象饮冰挥扇的夏日的心情；反之亦然。然而由冬一天一天地、一时一时地、一分一分地、一秒一秒地移向夏，由夏一天一天地、一时一时地、一分一分地、一秒一秒地移向冬，其间实在没有显著的痕迹可寻。昼夜也是如此：傍晚坐在窗下看书，书页上"渐渐"地黑起来，倘不断地看下去（目力能因了光的渐弱而渐渐加强），几乎永远可以认识书页上的字迹，即不觉昼之已变为夜。黎明凭窗，不瞬目地注视东天，也不辨自夜向昼的推移的痕迹。儿女渐渐大起来，在朝夕相见的父母全不觉得，难得见面的远亲就相见不相识了。往年除夕，我们曾在红蜡烛底下守候水仙花的开放，真是痴态！倘水仙花果真当面开放给我们看，便是自然的原则的破坏，宇宙的根本的摇动，世界人类的末日临到了！

"渐"的作用，就是用每步相差极微极缓的方法来隐蔽时间的过去与事物的变迁的痕迹，使人误认其为恒久不变。这真是造物主骗人的一大诡计！这有一件比喻的故事：某农夫每天朝晨抱了犊而跳过一沟，到田里去工作，夕暮又抱了它跳过沟回家。每日如此，未尝间断。过了一年，犊已渐大，渐重，差不多变成大牛，但农夫全不觉得，仍是抱了它跳沟。有一天他因事停止工作，次日再就不能抱了这牛而跳沟了。造物的骗人，使人流连于其每日每时的生的欢喜而不觉其变迁与辛苦，就是用这个方法的。人们每日在抱了日重一日的牛而跳沟，不准停止，自己误以为是不变的，其实每日在增加其苦劳！

我觉得时辰钟是人生的最好的象征了。时辰钟的针，平常一看总觉得是"不动"的；其实人造物中最常动的无过于时辰钟的针了。日常生活中的人生也如此，刻刻觉得我是我，似乎这"我"永远不变，实则与时辰钟的针一样的无常！一息尚存，总觉得我仍是我，我没有变，还是流连着我的生，可怜受尽"渐"的欺骗！

"渐"的本质是"时间"。时间，我觉得比空间更为不可思议，犹之时间艺术的音乐比空间艺术的绘画更为神秘。因为空间姑且不追究它如何广大或无限，我们总可以把握其一端，认定其一点。时间则全然无从把握，不可挽留，只有过去与未来在渺茫之中不绝地相追逐而已。性质上既已渺茫不可思议，分量上在人生也似乎太多。因为一般人对于时间的悟性，似乎只够支配搭船乘车的短时间；对于百年的长期间的寿命，他们不能胜任，往往迷于局部而不能顾及全体。试看乘火车的旅客中，常有明达的人，有的宁牺牲暂时的安乐而让其座位于老弱者，以求心的太平（或博暂时的美誉）；有的见众人争先下车，而退在后面，或高呼"勿要轧，总有得下去的！""大家都要下去的！"然而在乘"社会"或"世界"的大火车的"人生"的长期的旅客中，就少有这样的明达之人。所以我觉得百年的寿命，定得太长。像现在的世界上的人，倘定他们搭船乘车时长的寿命，也许在人类社会上可减少许多凶险残惨的争斗，而与火车中一样的谦让、和平，也未可知。

然人类中也有几个能胜任百年的或千古的寿命的人。那是"大人格""大人生"。他们能不为"渐"所迷，不为造物所欺，而收缩无限的时间并空间于方寸的心中。故佛家能纳须弥于芥子。中国古诗人（白居易）说："蜗牛角上争何事？石火光中寄此身。"英国诗人（Blake，即布莱克）也说："一粒沙里见世界，一朵花里见天国；手掌里盛住无限，一刹那便是永劫。"

匆匆

朱自清 / 文

　　燕子去了，有再来的时候；杨柳枯了，有再青的时候；桃花谢了，有再开的时候。但是，聪明的，你告诉我，我们的日子为什么一去不复返呢？——是有人偷了他们罢：那是谁？又藏在何处呢？

　　是他们自己逃走了罢：现在又到了哪里呢？我不知道他们给了我多少日子；但我的手确乎是渐渐空虚了。在默默里算着，八千多日子已经从我手中溜去；像针尖上一滴水滴在大海里，我的日子滴在时间的流里，没有声音，也没有影子。我不禁头涔涔而泪潸潸了。

　　去的尽管去了，来的尽管来着；去来的中间，又怎样地匆匆呢？早上我起来的时候，小屋里射进两三方斜斜的太阳。太阳他有脚啊，轻轻悄悄地挪移了；我也茫茫然跟着旋转。于是——洗手的时候，日子从水盆里过去；吃饭的时候，日子从饭碗里过去；默默时，便从凝然的双眼前过去。我觉察他去的匆匆了，伸出手遮挽时，他又从遮挽着的手边过去，天黑时，我躺在床上，他便伶伶俐俐地从我身上跨过，从我脚边飞去了。等我睁开眼和太阳再见，这算又溜走了一日。我掩着面叹息。但是新来的日子的影儿又开始在叹息里闪过了。

在逃去如飞的日子里，在千门万户的世界里的我能做些什么呢？只有徘徊罢了，只有匆匆罢了；在八千多日的匆匆里，除徘徊外，又剩些什么呢？过去的日子如轻烟，被微风吹散了，如薄雾，被初阳蒸融了；我留着些什么痕迹呢？我何曾留着像游丝样的痕迹呢？我赤裸裸来到这世界，转眼间也将赤裸裸的回去罢？但不能平的，为什么偏要白白走这一遭啊？

你聪明的，告诉我，我们的日子为什么一去不复返呢？

时间即生命

梁实秋 / 文

　　最令人怵目惊心的一件事，是看着钟表上的秒针一下一下的移动，每移动一下就是表示我们的寿命已经缩短了一部分。再看看墙上挂着的可以一张张撕下的日历，每天撕下一张就是表示我们的寿命又缩短了一天。因为时间即生命。没有人不爱惜他的生命，但很少人珍视他的时间。如果想在有生之年做一点什么事，学一点什么学问，充实自己，帮助别人，使生命成为有意义，不虚此生，那么就不可浪费光阴。这道理人人都懂，可是很少人真能积极不懈的善为利用他的时间。

　　我自己就是浪费了很多时间的一个人。我不打麻将，我不经常的听戏看电影，几年中难得一次，我不长时间看电视，通常只看半个小时，我也不串门子闲聊天。有人问我："那么你大部分时间都做了些什么呢？"我痛自反省，我发现，除了职务上的必须及人情上所不能免的活动之外，我的时间大部分都浪费了。我应该集中精力，读我所未读过的书，我应该利用所有时间，写我所要写的东西。但是我没能这样做。我的好多的时间都糊里糊涂地混过去了，"少壮不努力，老大徒伤悲。"

例如我翻译莎士比亚，本来计划于课余之暇每年翻译两部，二十年即可完成，但是我用了三十年，主要的原因是懒。翻译之所以完成，主要的是因为活得相当长久，十分惊险。翻译完成之后，虽然仍有工作计划，但体力渐衰，有力不从心之感。假使年轻的时候鞭策自己，如今当有较好或较多的表现。然而悔之晚矣。

再例如，作为一个中国人，经书不可不读。我年过三十才知道读书自修的重要。我披阅，我圈点，但是恒心不足，时作时辍。五十以学易，可以无大过矣，我如今年过八十，还没有接触过易经，说来惭愧。史书也很重要。我出国留学的时候，我父亲买了一套同文石印的前四史，塞满了我的行箧的一半空间，我在外国混了几年之后又把前四史原封带回来了。直到四十年后才鼓起勇气读了"通鉴"一遍。现在我要读的书太多，深感时间有限。

无论做什么事，健康的身体是基本条件。我在学校读书的时候，有所谓"强迫运动"，我踢破过几双球鞋，打断过几只球拍。因此侥幸维持下来最低限度的体力。老来打过几年太极拳，目前则以散步活动筋骨而已。寄语年轻朋友，千万要持之以恒地从事运动，这不是嬉戏，不是浪费时间。健康的身体是做人做事的真正的本钱。

光阴

陆蠡 / 文

我曾经想过，如若人们开始爱惜光阴，那么他的生命的积储是有一部分耗蚀的了。年青人往往不知珍惜光阴，犹如拥资巨万的富家子，他可以任意挥霍他的钱财，等到黄金垂尽便吝啬起来，而懊悔从前的浪费了。

我平素不大喜爱表和钟这一类东西。它金属的利齿窸窸瑟瑟地将光阴啮食，而金属的手指滴滴答答地将时间一分一秒地数给我。当我还有丰余的生命留在后面，在时光的账页上我还有可观的储存，我会像一个守财虏，斤斤计较寸金和寸阴的市价么？偶然我抬头望到壁上的日历，那种红字和黑字相间的纸页把光阴划分成今天和明天。谁说动物中人是最聪明的？他们把连续的时间分成均匀的章节，费许多精神去较量它们的短长。最初他们用粗拙的工具刻划在树皮上代表昼夜，现在的人们则将日子印在没有重量的纸条上，每逢揭下一张来，便不禁想："啊！又过了一天！"

怎样我会起了这些古怪的念头呢？是最近的一个秋日的傍晚，我在近郊散步，我迎着苍黄的落日走过去，复背着它的光辉走回来，足踩着自己的影子。"我是牵着我的思想在散步，"我对自己说。"我是踪蹑着我的影子，看我赶不赶得过它？"我一面走一面自语。"我在看我自己影子的生长，看它愈长愈快，愈快愈长，"我独语。总之，我是在散步罢了。我携着我的思想一同散步。它是羞怯得畏见阳光，老躲在我的影子里。使得我和它谈话，不得不偏过头去，伛偻着身子，正如一个高大的男子低头和身边的女子说话，是那么轻声地，絮絮地。

我们走着走着，不知从哪里来的一枚树叶，飘坠在我们的脚前。那样轻，怕跌碎的样子。要不是四周是那么静寂，我准不会注意。但我注意到了，我捡了起来，我试想分辨它是什么树叶？梧桐的，枫檞的，还是樗栎的？但我恍若看到这不是一张树叶，分明是一张日历，一张被不可见的手扯下来的日历。这上面写着的是一个无形的字："秋。"

"秋！"我微喟一声。

"秋，秋，"我的思想躲在我的影子里和答我。

我感到有点迟暮了。好像这个字代表一段逝去的光阴。

"逝去的光阴，"我的思想如刁钻的精灵，摸着了我的心思。

"光……阴，"这两个平声的没有低昂的字眼，在我的耳边震响。

光阴要逝去么？却借落叶通知我。我岂不曾拥有过大量的光阴，这年青人唯一的财产，一如富贾之子拥有巨资。我曾是光阴富有者。同时我也想起了两个惜阴的人。

正是这样秋暖的日子，在很早很早以前。家门前的禾场上排列着一行行的谷簟，在阳光下曝晒着田里新收割来的谷粒。芙蓉花盛开着。我坐在它的荫下，坐在一只竹箩里面——我的身子还装不满一竹箩——我玩着谷堆里捉来的蚱蜢、螳螂和甲虫，我玩着玩着，无意识地玩去我的光阴。祖父是爱惜光阴的。他匆匆出去，匆匆回来，复匆匆出去，不肯有一刻休息。但是他珍惜也没有用，他仅有不多的光阴。等到他在一个悄然的夜晚，撒下我们而去时，我还不懂他为什么要离开我们，原来他把光阴用尽了。

还是在不多年以前，父亲写信给我说："你现在长大了，应该知道光阴的可贵。听说你在学校里专爱玩，功课也不用功……"父亲也珍惜起光阴来了。大概他开始忧光阴之穷匮，遂于无意中把忧心吐露给我。在当时我不是能领会的。我仍是嫌光阴过得太慢。"今天是星期一呢！"便要发愁。"什么时候是圣诞节呢？"虽则我并不喜欢这异邦的节日。"怎样还不放假呢？"我在打算怎样过那些佳美的日子。光阴是推移得太慢了，像跛脚的鸭子。于是我用欢笑去噪逐它，把它赶得快些。正如执棰的孩子驱着鸭群，唿哨起快活的声音促紧不善于行的水禽的脚步，我曾用欢笑驱赶我的光阴。

"你曾用欢笑驱赶你的光阴。"我的思想像"回声"的化身，复述我的话。

但是很久不那么做了。竟有一次我坐在房里整半天不出去。我伏在案前，目视着阳光从桌面的一端移到另一端。我用一根尺、一只表，来计算阳光的足在我的桌面移动的速度，我观察了计算了好久。蓦然有一种感触浮起在我的脑际，我为什么干这玩意儿呢？我看见了多少次阳光从我的桌面爬过，我有多少次看见阳光从我的窗口探入，复悄悄地退出。我惯用双手交握成各种样式，遮断它的光线，把影子投在粉壁上，做出种种动物的形状，如一头羊，一只螃蟹，一只兔；或则喝一口水，朝阳光喷去，令微细的水滴把光线散成彩虹的颜色。何时使我的心变成沉重，像吝啬的老人计数他的金钱，我也在计算光阴的速度呢？我曾讥笑惜阴人之不智，终也让别人来讥笑自身么？

"你也在计算光阴的速度了。"我的思想像喜灾乐祸似的，揶揄我。

真的，我在计算光阴的速度了。我想到光阴速度的相对性，得到这样的结论：感觉上的光阴的速度是年龄的函数。我试在一张白纸上列出如下的方程式："光阴的速度等于年龄的正切的微分。"当年龄从零岁开始，进入无知的童年，感觉上的光阴速度是极微渺的。等到年龄的角度随岁月转过了半个象限（我暂将不满百的人生比作一个象限，半个象限是四十五岁了），正切线的变化便非常迅速。光阴流逝的感觉便有似白驹，似飞矢，瞬息千里了。我想了又想，渐渐陷入了一个不能自拔的思索的阱里。想到我自己在人生的象限上转过了几度呢？犹如作茧自缚，我自己衍出方程式而复把自己嵌在这式子里面，我悲哀了。

"你自己衍出方程式而复把自己嵌在里面。"思想嘤然回答，已无尖酸的口吻。

但是我无法改正这方程式，这差不多是正确的。在我的智识范围内不能发现它的错误。啊，悲哀的来源，我想把这公式从我的脑筋中擦去，已是不可能。正如我刚才捡起来的树叶，无法把它装回原来的枝上。我重新谛视这片叶，上面仍依稀显现着无形的字："秋。"

另一天，从另一枝柯上，会有不可见的手扯下另一片树叶——是一张日历——那上面写的应该是另一个字，"冬！"

"冬，"我的思想似乎失去了回答的气力。

"秋，……冬，"又是两个没有低昂的平声的字眼，像一滴凉水滴进我的心胸，使我有点寒意。我不能再散步了，我携着我的思想走回家，正如那西洋妇人携着她的狗，施施归去。此后我就想起，如若人们开始爱惜光阴，那么他的生命的积储是有一部分耗蚀的了。

"春朝"一刻值千金

梁遇春 / 文

　　十年来，求师访友，足迹走遍天涯，回想起来给我最大益处的却是"迟起"，因为我现在脑子里所有些聪明的想头，灵活的意思多半是早上懒洋洋地赖在床上想出来的。我真应该写几句话赞美它一番，同时还可以告诉有志的人们一点迟起艺术的门径。谈起艺术，我虽然是门外汉，不过对于迟起这门艺术倒可说是一位行家，因为我既具有明察秋毫的批评能力，又带了甘苦备尝的实践精神。我天天总是在可能范围之内，尽量地滞在床上——那是我们的神庙——看着射在被上的日光，暗笑四围人们无谓的匆忙，回味前夜的痴梦——那是比做梦还有意思的事，——细想迟起的好处，唯我独尊地躺着，东倒西倾的小房立刻变做一座快乐的皇宫。

　　诗人画家为着要追求自己的幻梦，实现自己的痴愿，宁可牺牲一切物质的快乐，受尽亲朋的诟骂，他们从艺术里能够得到无穷的安慰，那是他们真实的世界，外面的世界对于他们反变成一个空虚。迟起艺术家也具有同等的精神。区区虽然不是一个迟起大师，但是对于本行艺术的确有无限的热忱——艺术家的狂热。所以让我拿自己做个例子罢。当我是个小孩时候，我的生活由家庭替我安排，毫无艺术的自觉，早上六点就起来了。后来到北方念书去，北方的天气是培养迟起最好的沃土，许多同学又都是程度很高的迟起艺术专家，于是绝好的环境同朋辈的切磋使我领略到迟起的深味，我的忠于艺术的热度也一天一天地增高。暑假年假回家时期，总在全家人吃完了早饭之后，我才敢动起床的念头。老父常常对我说清晨新鲜空气的好处，母亲有时提到重温稀饭的麻烦，慈爱的祖母也屡次向我姑母说"早起三日当一工"（我的姑母老是起得很早的），我虽然万分不愿意失丢大人们的欢心，但是为着忠于艺术的缘故，居然甘心得罪老人家。后来老人家知道我是无可救药的，反动了怜惜的心肠，他们早上九点钟时候走过我的房门前还是用着足尖；人们温情地放纵我们的弱点是最容易刺动我们麻木的良心，但是我总舍不得违弃了心爱的艺术，所以还是懊悔地照样地高卧。在大学里，有几位道貌岸然的教授对于迟到学生总是白眼相待，我不幸得很，老做他们白眼的鹄的，也曾好几次下个决心早起，免得一进教室的门，就受两句冷讽，可是一年一年地过去，我足足受了四年的白眼待遇，里头的苦处是别人想不出来的。有一年寒假住在亲戚家里，他们晚饭的时间是很早的，所以一醒来，腹里就咕隆地响着，我却按下饥肠，故意想出许多有趣事情，使自己忘却了肚饿，有时饿出汗来，还是坚持着非到十时是不起来的，对于艺术我是多么忠实，情愿牺牲。枵腹做诗的爱伦·波真可说是我的同志。后来入世谋生，自然会忽略了艺术的追求；不过我还是尽量地保留一向的热诚，虽然已经是够堕落了。想起我个人因为迟起所受的许多说不出的苦痛，我深深相信迟起是一门艺术，因为只有艺术才会这样带累人，也只有艺术家才肯这样不变初衷地往前牺牲一切。

　　但是从迟起我也得到不少的安慰，总够补偿我种种的苦痛。迟起给我最大的好处是我没有一天不是很快乐地开头的。我天天起来总是心满意足的，觉得我们住的世界无日不是春天，无处不是乐园。当我神怡气舒地躺着的时候，我常常记起勃浪宁①的诗："上帝在上，万物各得其所。"（鱼游水里，鸟栖树枝，我卧床上。）人生是短促的，可是若使我们有过光荣的青春，我们的一生就不能算是虚度，我们的残年很可以傍着火炉，晒着太阳在回忆里过日子。同样地一天的光阴是很短促的，可是若使我们有过光荣的早上，（一半时间花在床上的早晨！）我们这一天就不能

---

① 今译勃朗宁，即英国著名诗人罗伯特·勃朗宁，主要作品有《戏剧抒情诗》《剧中人物》《指环与书》等。

说是白丢了，我们其余时间可以用在追忆清早的幸福，我们青年时期若使是欣欢的结晶，我们的余生一定不会很凄凉的，青春的快乐是有影子留下的，那影子好似带了魔力，惨淡的老年给它一照，也呈出和蔼慈祥的光辉。我们一天里也是一样的，人们不是常说：一件事情好好地开头，就是已经成功一半了；那么赏心悦意的早晨是一天快乐的先导。迟起不单是使我天天快活的开头，还叫我们每夜高兴地结束这个日子；我们夜夜去睡时，心里就预料到明早迟起的快乐——预料中的快乐是比当时的享受，味还长得多——这样子我们一天的始终都是给生机活泼的快乐空气围住，这个可爱的升平景像却是迟起一手做成的。

迟起不仅是能够给我们这甜蜜的空气，它还能够打破我们结结实实的苦闷。人生最大的愁忧是生活的单调。悲剧是很热闹的，怪有趣的，只有那不生不死的机械式生活才是最无聊赖的。迟起真是唯一的救济方法。你若使感到生活的沉闷，那么请你多睡半点钟（最好是一点钟），你起来一定觉得许多要干的事情没有时间做了，那么是非忙不可——"忙"是进到快乐宫的金钥，尤其那自己找来的忙碌。忙是人们体力发泄最好的法子，亚里士多德不是说过人的快乐是生于能力变成效率的畅适。我常常在办公时间五分钟以前起床，那时候洗脸拭牙进早餐，都要用最快的速度完成，全变做最浪漫的举动，当牙膏四溅，脸水横飞，一手拿着头梳，对着镜子，一面吃面包时节，谁会说人生是没有趣味呢？而且当时只怕过了时间，心中充满了冒险的情绪。这些暗地晓得不碍事的冒险兴奋是顶可爱的东西，尤其是对于我们这班不敢真真履险的懦夫。我喜欢北方的狂风，因为当我们冲着黄沙望前进的时候，我们仿佛是斩将先登，冲锋陷阵的健儿，跟自然的大力肉搏，这是多么可歌可泣的壮举，同时除开耳孔鼻孔塞点沙土外，丝毫危险也没有，不管那时是怎地像煞有介事样子。冒险的嗜好哪个人没有，不过我们胆小，不愿白丢了生命，仁爱的上帝，因此给我们卷地蔽天的刮风，做我们安稳冒险的材料。住在江南的可怜虫，找不到这一天赐的机会，只得英雄做时势，迟些起来，自己创造机会。就是放假期间，十时半起床，早餐后抽完了烟，已经十一时过了，一想到今天打算做的事情一件也没有动手，赶紧忙着起来——天下里还有比无事忙更有趣味的事吗？若使你因为迟起挨到人家的闲话，那最少也可以打破你日常一波不兴无声无臭的生活。我想凡是尝过生活的深味的人一定会说痛苦比单调灰色生活强得多，因为痛苦是活的，灰色的生活却是死的像征。迟起本身好似是很懒惰的，但是它能够给我们最大的活气，使我们的生活跳动生姿；世上最懒惰不过的人们是那般黎明即起，老早把事做好，坐着呆呆地打呵欠的人们。迟起所有的这许多安慰，除开艺术，我们哪里还找得出来呢？许多人现在还不明白迟起的好处，这也可以证明迟起是一种艺术，因为只有艺术人们才会这样地不去睬它。

现在春天到了，"春宵苦短日高起"，五六点钟醒来，就可以看见太阳，我们可以醉也似地躺着，一直躺了好几个钟头，静听流莺的巧啭，细看花影的慢移，这真是迟起的绝好时光。能让我们天天多躺一会儿罢，别辜负了这一刻千金的"春朝"。

《懒惰汉的懒惰想头》是当代英国小品文家 Jerome K Jerome（杰罗姆·凯·杰罗姆）的文集名字（*Idle Thoughts of an Idle Fellow*），集里所说的都是拉闲扯散、瞎三道四的废话，可是自带有幽默的深味，好似对于人生有比一般人更微妙的认识同玩味——这或者只是因为我自己也是懒惰汉，官官相卫，惺惺惜惺惺，那么也好，就随它去罢。"春宵一刻值千金"这句老话，是谁也知道的，我觉得换一个字，就可以做我的题目。连小小二句题目，都要东抄西袭凑合成的，不肯费心机自己去做一个，这也可以见我的懒惰了。

在副题目底下加了"之一"两字，自然是指明我还要继续写些这类无聊的小品文字，但是什么时候会写第二篇，那是连上帝都不敢预言的，我是那么懒惰。有时晚上想好了意思，第二天起得太早，心中一懊悔，什么好意思都忘却了。

忙

老舍 / 文

　　近来忙得出奇。恍惚之间，仿佛看见一狗，一马，或一驴，其身段神情颇似我自己；人兽不分，忙之罪也！

　　每想随遇而安，贫而无谄，忙而不怨。无谄已经作到；无论如何不能欢迎忙。

　　这并非想偷懒。真理是这样：凡真正工作，虽流汗如浆，亦不觉苦。反之，凡自己不喜作，而不能不作，作了又没什么好处者，都使人觉得忙，且忙得头疼。想当初，苏格拉底终日奔忙，而忙得从容，结果成了圣人；圣人为真理而忙，故不手慌脚乱。即以我自己说，前年写《离婚》的时候，本想由六月初动笔，八月十五交卷。及至拿起笔来，天气热得老在九十度（注：此为华氏度，约等于三十二摄氏度）以上，心中暗说不好。可是写成两段以后，虽腕下垫吃墨纸以吸汗珠，已不觉得怎样难受了。"七"月十五日居然把十二万字写完！因为我爱这种工作哟！我非圣人，也知道真忙与瞎忙之别矣。

所谓真忙，如写情书，如种自己的地，如发现九尾彗星，如在灵感下写诗作画，虽废寝忘食，亦无所苦。这是真正的工作，只有这种工作才能产生伟大的东西与文化。人在这样忙的时候，把自己已忘掉，眼看的是工作，心想的是工作，作梦梦的是工作，便无暇计及利害金钱等等了；心被工作充满，同时也被工作洗净，于是手脚越忙，心中越安怡，不久即成圣人矣。情书往往成为真正的文学，正在情理之中。

所谓瞎忙，表面上看来是热闹非常，其实呢它使人麻木，使文化退落，因为忙得没意义，大家并不愿作那些事，而不敢不作；不作就没饭吃。在这种忙乱情形中，人们像机器般的工作，忙完了一饱一睡，或且未必一饱一睡，而半饱半睡。这里，只有奴隶，没有自由人；奴隶不会产生好的文化。这种忙乱把人的心杀死，而身体也不见得能健美。它使人恨工作，使人设尽方法去偷油儿。我现在就是这样，一天到晚在那儿作事，全是我不爱作的。我不能不去作，因为眼前有个饭碗；多咱我手脚不动，那个饭碗便啪的一声碎在地上！我得努力呀，原来是为那个饭碗的完整，多么高伟的目标呀！试观今日之世界，还不是个饭碗文明！

因此，我羡慕苏格拉底，而恨他的时代。苏格拉底之所以能忙成个圣人，正因为他的社会里有许多奴隶。奴隶们为苏格拉底作工，而苏格拉底们乃得忙其所乐意忙者。这不公道！在一个理想的文化中，必能人人工作，而且乐意工作，即便不能完全自由，至少他也不完全被责任压得翻不过身来，他能把眼睛从饭碗移开一会儿，而不至立刻啪的一声打个粉碎。在这样的社会里，大家才会真忙，而忙得有趣，有成绩。在这里，懒是一种惩罚；三天不作事会叫人疯了；想想看，灵感来了，诗已在肚中翻滚，而三天不准他写出来，或连哼哼都不许！懒，在现在的社会里，是必然的结果，而且不比忙坏；忙出来的是什么？那么，懒又有什么不可以呢？

世界上必有那么一天，人类把忙从工作中赶出去，人家都晓得，都觉得，工作的快乐，而越忙越高兴；懒还不仅是一种羞耻，而是根本就受不了的。自然，我是看不到那样的社会了；我只能在忙得——瞎忙——要哭的时候这么希望一下吧。

中年

周作人 / 文

　　虽然四川开县有二百五十岁的胡老人，普通还只是说人生百年，其实这也还是最大的整数。若是人民平均有四五十岁的寿，那已经可以登入祥瑞志，说什么寿星见了。我们乡间称三十六岁为本寿，这时候死了，虽不能说寿考，也就不是夭折。这种说法我觉得颇有意思。日本兼好法师曾说，"即使长命，在四十以内死了最为得体，"虽然未免性急一点，却也有几分道理。

　　孔子曰，"四十而不惑。"吾友某君则云，人到了四十岁便可以枪毙。两样相反的话，实在原是盾的两面。合而言之，若曰，四十可以不惑，但也可以不不惑，那么，那时就是枪毙了也不足惜云尔。平常中年以后的人大抵胡涂荒谬的多，正如兼好法师所说，过了这个年纪，便将忘记自己的老丑。想在人群中胡混，执著人生，私欲益深，人情物理都不复了解，"至可叹息"是也。不过因为怕献老丑，便想得体地死掉，那也似乎可以不必。为什么呢？假如能够知道这些事情，就很有不惑的希望，让他多活几年也不碍事。所以在原则上我虽赞成兼好法师的话，但觉得实际上还可稍加斟酌，这倒未必全是为自己道地，想大家都可见谅的罢。

我决不敢相信自己是不惑，虽然岁月是过了不惑之年好久了，但是我总想努力不至于不惑，不要人情物理都不了解。本来人生是一贯的，其中却分几个段落，如童年，少年，中年，老年，各有意义，都不容空过。譬如少年时代是浪漫的，中年是理智的时代，到了老年差不多可以说是待死堂的生活罢。然而中国凡事是颠倒错乱的，往往少年老成，摆出道学家超人志士的模样，中年以来重新来秋冬行春令，大讲其恋爱等等，这样地跟着青年跑，或者可以免于落伍之讥，实在犹如将昼作夜，"拽直照原"，只落得不见日光而见月亮，未始没有好些危险。我想最好还是顺其自然，六十过后虽不必急做寿衣，唯一只脚确已踏在坟里，亦无庸再去请斯坦那赫博士结扎生殖腺了，至于恋爱则在中年以前应该毕业，以后便可应用经验与理性去观察人情与物理，即使在市街战斗或示威运动的队伍里少了一个人，实在也有益无损，因为后起的青年自然会去补充，（这是说假如少年不是都老成化了，不在那里做各种八股，）而别一队伍里也就多了一个人，有如退伍兵去研究动物学，反正于参谋本部的作战计划并无什么妨害的。

话虽如此，在这个当儿要使它不发生乱调，实在是不大容易的事。世间称四十左右曰危险时期，对于名利，特别是色，时常露出好些丑态，这是人类的弱点，原也有可以容忍的地方。但是可容忍与可佩服是绝不相同的事情，尤其是无惭愧地，得意似地那样做，还仿佛是我们的模范似地那样做，那么容忍也还是我们从数十年的世故中来最大的应许，若鼓吹护持似乎可以无须了罢。我们少年时浪漫地崇拜好许多英雄，到了中年再一回顾，那些旧日的英雄，无论是道学家或超人志士，此时也都是老年中年了，差不多尽数地不是显出泥脸便即露出羊脚，给我们一个不客气的幻灭。这有什么办法呢？自然太太的计划谁也难违拗它。风水与流年也好，遗传与环境也好，总之是说明这个的可怕。这样说来，得体地活着这件事或者比得体地死要难得多，假如我们过了四十却还能平凡地生活，虽不见得怎么得体，也不至于怎样出丑，这实在要算是侥天之幸，不能不知所感谢了。

　　人是动物，这一句老实话，自人类发生以至地球毁灭，永久是实实在在的，但在我们人类则须经过相当年龄才能明白承认。所谓动物，可以含有科学家一视同仁的"生物"与儒教徒骂人的"禽兽"这两种意思，所以对于这一句话人们也可以有两样态度。其一，以为既同禽兽，便异圣贤，因感不满，以至悲观。其二，呼铲曰铲，本无不当，听之可也。我可以说就是这样地想，但是附加一点，有时要去综核名实言行，加以批评。本来棘皮动物不会肤如凝脂，怒毛上指栋的猫不打着呼噜，原是一定的理，毋庸怎么考核，无如人这动物是会说话的，可以自称什么家或主唱某主义等，这都是别的众生所没有的。我们如有闲一点儿，免不得要注意及此。譬如普通男女私情我们可以不管，但如见一个社会栋梁高谈女权或社会改革，却照例纳妾等等，那有如无产首领浸在高贵的温泉里命令大众冲锋，未免可笑，觉得这动物有点变质了。我想文明社会上道德的管束应该很宽，但应该要求诚实，言行不一致是一种大欺诈，大家应该留心不要上当。我想，我们与其伪善还不如真恶，真恶还是要负责任，冒危险。

　　我这些意思恐怕都很有老朽的气味，这也是没有法的事情。年纪一年年的增多，有如走路一站站的过去，所见既多，对于从前的意见自然多少要加以修改。这是得呢失呢，我不能说。不过，走着路专为贪看人物风景，不复去访求奇遇，所以或者比较地看得平静仔细一点也未可知。然而这又怎么能够自信呢？

第二章

记忆像铁轨一样长

度日

萧红 / 文

天色连日阴沉下去，一点光也没有，完全灰色，灰得怎样程度呢？那和墨汁混到水盆中一样。

火炉台擦得很亮了，碗、筷子、小刀摆在格子上。清早起第一件事点起火炉来，而后擦地板，铺床。

炉铁板烧得很热时，我便站到火炉旁烧饭，刀子、匙子弄得很响。炉火在炉腔里起着小的爆炸，饭锅腾着气，葱花炸到油里，发出很香的烹调的气味。我细看葱花在油边滚着，渐渐变黄起来。……小洋刀好像剥着梨皮一样，把土豆刮得很白，很好看，去了皮的地豆呈乳黄色，柔和而有弹力。炉台上铺好一张纸，把土豆再切成薄片。饭已熟，土豆煎好。打开小窗望了望，院心几条小狗在戏耍。

家庭教师还没有下课，菜香和米香引我回到炉前再吃两口，用匙子调一下饭，再调一下菜，很忙的样子像在偷吃。在地板上走了又走，一个钟头的课程还不到吗？于是再打开锅盖吞下几口。再从小窗望一望。我快要吃饱的时候，他才回来。习惯上知道一定是他，他都是在院心大声弄着嗓子响。我藏在门后等他，有时候我不等他寻到，就做着怪声跳出来。

早饭吃完以后，就是洗碗，刷锅，擦炉台，摆好木格子。假如有表，怕是十一点还多了！

再过三四个钟头，又是烧晚饭。他出去找职业，我在家里烧饭，我在家里等他。火炉台，我开始围着它转走起来。每天吃饭，睡觉，愁柴，愁米……

这一切给我一个印象：这不是孩子时候了，是在过日子，开始过日子。

梦痕

丰子恺 / 文

　　我的左额上有一条同眉毛一般长短的疤。这是我儿时游戏中在门槛上跌破了头颅而结成的。相面先生说这是破相，这是缺陷。但我自己美其名曰"梦痕"。因为这是我的梦一般的儿童时代所遗留下来的唯一的痕迹。由这痕迹可以探寻我的儿童时代的美丽的梦。

　　我四五岁时，有一天，我家为了打送（吾乡风俗，亲戚家的孩子第一次上门来作客，辞去时，主人家必做几盘包子送他，名曰"打送"）某家的小客人，母亲、姑母、婶母和诸姊们都在做米粉包子。厅屋的中间放一只大匾，匾的中央放一只大盘，盘内盛着一大堆黏土一般的米粉，和一大碗做馅用的甜甜的豆沙。母亲们大家围坐在大匾的四周。各人卷起衣袖，向盘内摘取一块米粉来，捏做一只碗的形状；夹取一筷豆沙来藏在这碗内；然后把碗口收拢来，做成一个圆子。再用手法把圆子捏成三角形，扭出三条绞丝花纹的脊梁来；最后在脊梁凑合的中心点上打一个红色的"寿"字印子，包子便做成。一圈一圈地陈列在大匾内，样子很是好看。

大家一边做，一边兴高采烈地说笑。有时说谁的做得太小，谁的做得太大；有时盛称姑母的做得太玲珑，有时笑指母亲的做得像个锅饼。笑语之声，充满一堂。这是年中难得的全家欢笑的日子。而在我，做孩子们的，在这种日子更有无上的欢乐：在准备做包子时，我得先吃一碗甜甜的豆沙；做的时候，我只要噪闹一下子，母亲们会另做一只小包子来给我当场就吃。新鲜的米粉和新鲜的豆沙，热热地做出来味道就是很好的。我往往吃一只不够，再噪闹一下子就得吃第二只。倘然吃第二只还不够，我可嚷着要替她们打"寿"字印子。这印子是不容易打的：蘸的水太多了，打出来一塌糊涂，看不出寿字；蘸的水太少了，打出来又不清楚；况且位置要摆得正，歪了就难看；打坏了又不能揩抹涂改。

所以我嚷着要打印子，是母亲们所最怕的事。她们便会和我请商，把做圆子收口时摘下来的一小粒米粉给我，叫我自己做来自己吃。这正是我所盼望的主目的！开了这个例之后，各人做圆子收口时摘下来的米粉，就都得照例归我所有。再不够时还得要求向大盘中扭一把米粉来，自由捏造各种黏土手工：捏一个人，团拢了，改捏一个狗；再团拢了，再改捏一支水烟管……捏到手上的龌龊都混入其中，而雪白的米粉变成了灰色的时候，我再向她们要一朵豆沙来，裹成各种三不像的东西，吃下肚子里去。这一天因为我噪得特别厉害些，姑母做了两只小巧玲珑的包子给我吃，母亲又外加摘一团米粉给我玩。

为求自由，我不在那场上吃弄，拿了到店堂里，和五哥哥一同玩弄。五哥哥者，后来我知道是我们店里的学徒，但在当时我只知道他是我儿时的最亲爱的伴侣。他的年纪比我长，智力比我高，胆量比我大，他常做出种种我所意想不到的玩意儿来，使得我惊奇。这一天我把包子和米粉拿出去同他共玩，他就寻出几个印泥菩萨的小形的红泥印子来，教我印米粉菩萨。

后来我们争执起来，他拿了他的米粉菩萨逃，我就拿了我的米粉菩萨追。追到排门旁边，我跌了一跤，额骨磕在排门槛上，磕了眼睛大小的一个洞，便晕迷不省。等到有知觉的时候，我已被抱在母亲手里，外科郎中蔡德本先生，正在用布条向我的头上重重叠叠地包裹。

自从我跌伤以后，五哥哥每天乘店里空闲的时候到楼上来省问我。来时必然偷偷地从衣袖里摸出些我所爱玩的东西来——例如关在自来火匣子里的几只叩头虫，洋皮纸人头，老菱壳做成的小脚，顺治铜钿磨成的小刀等——送给我玩，直到我额上结成这个疤。

讲起我额上的疤的来由，我的回想中印象最清楚的人物，莫如五哥哥。而五哥哥的种种可惊可喜的行状，与我的儿童时代的欢乐，也便跟了这回想而历历地浮出到眼前来。

他的行为的顽皮，我现在想起了还觉吃惊。但这种行为对于当时的我，有莫大的吸引力。使我时时刻刻追随他，自愿地做他的从者。他用手捉住一条大蜈蚣，摘去了它的有毒的钩爪，而藏在衣袖里，走到各处，随时拿出来吓人，我跟了他走，欣赏他的把戏。他有时偷偷地把这条蜈蚣放在别人的瓜皮帽上，让它沿着那人的额骨爬下去，吓得那人直跳起来。有时怀着这条蜈蚣去登坑，等候邻席的登坑者正在拉粪的时候，把蜈蚣丢在他的裤子上，使得那人扭着裤子乱跳，累了满身的粪。又有时当众人面前他偷把这条蜈蚣放在自己的额上，假装被咬的样子而号啕大哭起来，使得满座的人惊惶失措，七手八脚地为他营救。在正危急存亡的时候，他伸起手来收拾了这条蜈蚣，忽然破涕为笑，一缕烟逃走了。后来这套戏法渐渐做穿，有的人警告他说，若是再拿出蜈蚣来，要打头颈拳了。于是他换出别种花样来：他躲在门口，等候警告打头颈拳的人将走出门，突然大叫一声，倒身在门槛边的地上，乱滚乱撞，哭着嚷着，说是践踏了一条臂膀粗的大蛇，但蛇是已经窜进榻底下去了。走出门来的人被他这一吓，实在魂飞魄散；但见他的受难比他更深，也无可奈何他，只怪自己的运气不好。他看见一群人蹲在岸边钓鱼，便参加进去，和蹲着的人闲谈。同时偷偷地把其中相接近的两人的辫子梢头结住了，自己就走开，躲到远处去作壁上观。被结住的两人中若有一人起身欲去，滑稽剧就演出来给他看了，诸如此类的恶戏，不胜枚举。

现在回想他这种玩耍，实在近于为虐的戏谑。但当时他热心地创作，而热心地欣赏的孩子，也不止我一个。世间的严正的教育者！请稍稍原谅他的顽皮！我们的儿时，在私塾里偷偷地玩了一个折纸手工，是要遭先生用铜笔套管在额骨上猛钉几下，外加在至圣先师孔子之神位面前跪一炷香的！

况且我们的五哥哥也曾用他的智力和技术来发明种种富有趣味的玩意，我现在想起了还可以神往。暮春的时候，他领我到田野去偷新蚕豆。把嫩的生吃了，而用老的来做"蚕豆水龙"。其做法，用煤头纸火把老蚕豆荚熏得半熟，剪去其下端，用手一捏，荚里的两粒豆就从下端滑出，再将荚的顶端稍稍剪去一点，使成一个小孔。然后把豆荚放在水里，待它装满了水，以一手的指捏住其下端而取出来，再以一手的指用力压榨豆荚，一条细长的水带便从豆荚的顶端的小孔内射出。制法精巧的，射水可达一二丈之远。他又教我"豆梗笛"的做法：摘取豌豆的嫩梗长约寸许，以一端塞入口中轻轻咬嚼，吹时便发嗒嗒之音，再摘取蚕豆梗的下端，长约四五寸，用指爪在梗上均匀地开几个洞，做成豆的样子。然后把豌豆梗插入这笛的一端，用两手的指随意启闭各洞而吹奏起来，其音宛如无腔之短笛。他又教我用洋蜡烛的油做种种的浇造和塑造。用芋艿或番薯镌刻种种的印版，大类今的木版画……诸如此类的玩意儿，亦复不胜枚举。

现在我对这些儿时的乐串久已缘远了。但在说起我额上的疤的来由时，还能热烈地回忆神情活跃的五哥哥和这种兴致勃勃的玩意儿。谁言我左额上的疤痕是缺陷？这是我的儿时欢乐的佐证，我的黄金时代的遗迹。过去的事，一切都同梦幻一般地消失，没有痕迹留存了。只有这个疤，好像是"脊杖二十，刺配军州"是打在脸上的金印，永久地明显地记录着过去的事实，一说起就可使我历历地回忆前尘。仿佛我是在儿童世界的本贯地方犯了罪，被刺配到这成人社会的"远恶军州"来的。这无期的流刑虽然使我永无还乡之望，但凭这脸上的金印，还可回溯往昔，追寻故乡的美丽的梦啊！

忆儿时

丰子恺 / 文

一

我回忆儿时，有三件不能忘却的事。

第一件是养蚕。那是我五六岁时，我祖母在世的事。我祖母是一个豪爽而善于享乐的人。良辰佳节不肯轻轻放过，养蚕，也每年大规模地举行。其实，我长大后才晓得，祖母的养蚕并非专为图利，叶贵的年头常要蚀本，然而她喜欢这暮春的点缀，故每年大规模地举行。我所喜欢的，最初是蚕落地铺。那时我们的三开间的厅上、地上统是蚕，架着经纬的跳板，以便通行及饲叶。蒋五伯挑了担到地里去采叶，我与诸姐跟了去，去吃桑葚。蚕落地铺的时候，桑椹已很紫而甜了，比杨梅好吃得多。我们吃饱之后，又用一张大叶做一只碗，采了一碗桑葚，跟了蒋五伯回来。蒋五伯饲蚕，我就以走跳板为戏乐，常常失足翻落地铺里，压死许多蚕宝宝，祖母忙喊蒋五伯抱我起来，不许我再走。然而这满屋的跳板，像棋盘街一样，又很低，走起来一点也不怕，真是有趣。这真是一年一度的难得的乐事！所以虽然祖母禁止，我总是每天要去走。

蚕上山之后，全家静默守护，那时不许小孩子们吵了，我暂时感到沉闷。然而过了几天，采茧，做丝，热闹的空气又浓起来了。我们每年照例请牛桥头七娘娘来做丝。蒋五伯每天买枇杷和软糕来给采茧、做丝、烧火的人吃。大家认为现在是辛苦而有希望的时候，应该享受这点心，都不客气地取食。我也无功受禄地天天吃多量的枇杷与软糕，这又是乐事。

七娘娘做丝休息的时候，捧了水烟筒，伸出她左手上的短少半段的小指给我看，对我说：做丝的时候，丝车后面，是万万不可走近去的，她的小指，便是小时候不留心被丝车轴棒轧脱的。她又说："小囡囡不可走近丝车后面去，只管坐在我身旁，吃枇杷，吃软糕。还有做丝做出来的蚕蛹，叫妈妈用油炒一炒，真好吃哩！"然而我始终不要吃蚕蛹，大概是我爸爸和诸姐都不要吃的缘故。我所乐的，只是那时候家里的非常的空气。日常固定不动的堂窗、长台、八仙椅子，都收拾去，而变成不常见的丝车、匾、缸，又不断地公然地可以吃小食。

丝做好后，蒋五伯口中唱着"要吃枇杷，来年蚕罢"，收拾丝车，恢复一切陈设。我感到一种兴尽的寂寥。然而对于这种变换，倒也觉得新奇而有趣。

现在我回忆这儿时的事，常常使我神往！祖母、蒋五伯、七娘娘和诸姐都像童话里、戏剧里的人物了。且在我看来，他们当时这剧的主人公便是我。何等甜美的回忆！只是这剧的题材，现在我仔细想想觉得不好：养蚕做丝，在生计上原是幸福的，然其本身是数万的生灵的杀虐！《西青散记》里面有两句仙人的诗句："自织藕丝衫子嫩，可怜辛苦赦春蚕。"安得人间也发明织藕丝的丝车，而尽赦天下的春蚕的性命！

我七岁上祖母死了，我家不复养蚕。不久父亲与诸姐弟相继死亡，家道衰落了，我的幸福的儿时也过去了。因此这回忆一面使我永远神往，一面又使我永远忏悔。

二

第二件不能忘却的事，是父亲的中秋赏月，而赏月之乐的中心，在于吃蟹。

我的父亲中了举人之后，科举就废，他无事在家，每天吃酒，看书。他不要吃羊、牛、猪肉，而喜欢吃鱼、虾之类。而对于蟹，尤其喜欢。自七八月起直到冬天，父亲平日的晚酌规定吃一只蟹，一碗隔壁豆腐店里买来的开锅热豆腐干。他的晚酌，时间总在黄昏。八仙桌上一盏洋油灯，一把紫砂酒壶，一只盛热豆腐干的碎瓷盖碗，一把水烟筒，一本书，桌子角上一只端坐的老猫，我脑中这印象非常深刻，到现在还可以清楚地浮现出来，我在旁边看，有时他给我一只蟹脚或半块豆腐干。然我喜欢蟹脚。蟹的味道真好，我们五个姊妹兄弟，都喜欢吃，也是为了父亲喜欢吃的缘故。只有母亲与我们相反，喜欢吃肉，而不喜欢又不会吃蟹，吃的时候常常被蟹螯上的刺刺开手指，出血；而且抉剔得很不干净，父亲常常说她是外行。父亲说：吃蟹是风雅的事，吃法也要内行才懂得。先折蟹脚，后开蟹斗……脚上的拳头（即关节）里的肉怎样可以吃干净，脐里的肉怎样可以剔出……脚爪可以当作剔肉的针……蟹螯上的骨头可以拼成一只很好看的蝴蝶……父亲吃蟹真是内行，吃得非常干净。所以陈妈妈说："老爷吃下来的蟹壳，真是蟹壳。"

　　蟹的储藏所，就在天井角落里的缸里，经常总养着十来只。到了七夕、七月半、中秋、重阳等节候上，缸里的蟹就满了，那时我们都有得吃，而且每人得吃一大只，或一只半。尤其是中秋一天，兴致更浓。在深黄昏，移桌子到隔壁的白场上的月光下面去吃。更深人静，明月底下只有我们一家的人，恰好围成一桌，此外只有一个供差使的红英坐在旁边。大家谈笑，看月亮，他们——父亲和诸姐——直到月落时光，我则半途睡去，与父亲和诸姐不分而散。

这原是为了父亲嗜蟹,以吃蟹为中心而举行的。故这种夜宴,不仅限于中秋,有蟹的季节里的月夜,无端也要举行数次。不过不是良辰佳节,我们少吃一点,有时两人分吃一只。我们都学父亲,剥得很精细,剥出来的肉不是立刻吃的,都积受在蟹斗里,剥完之后,放一点姜醋,拌一拌,就作为下饭的菜,此外没有别的菜了。因为父亲吃菜是很省的,而且他说蟹是至味,吃蟹时混吃别的菜肴,是乏味的。我们也学他,半蟹斗的蟹肉,过两碗饭还有余,就可得父亲的称赞,又可以白口吃下余多的蟹肉,所以大家都勉力节省。现在回想那时候,半条蟹腿肉要过两大口饭,这滋味真好!自父亲死了以后,我不曾再尝这种好滋味。现在,我已经自己做父亲,况且已经茹素,当然永远不会再尝这滋味了。唉!儿时欢乐,何等使我神往!

然而这一剧的题材,仍是生灵的杀虐!因此这回忆一面使我永远神往,一面又使我永远忏悔。

三

第三件不能忘却的事,是与隔壁豆腐店里的王囡囡的交游,而这交游的中心,在于钓鱼。

那是我十二三岁时的事,隔壁豆腐店里的王囡囡是当时我的小侣伴中的大阿哥。他是独子，他的母亲、祖母和大伯，都很疼爱他，给他很多的钱和玩具，而且每天放任他在外游玩。他家与我家贴邻而居。我家的人们每天赴市，必须经过他家的豆腐店的门口，两家的人们朝夕相见，互相来往。小孩们也朝夕相见，互相来往。此外他家对于我家似乎还有一种邻人以上的深切的交谊，故他家的人对于我特别要好，他的祖母常常拿自产的豆腐干、豆腐衣等来送给我父亲下酒。同时在小侣伴中，王囡囡也特别和我要好。他的年纪比我大，气力比我好，生活比我丰富，我们一道游玩的时候，他时时引导我，照顾我，犹似长兄对于幼弟。我们有时就在我家的染坊店里的榻上玩耍，有时相偕出游。他的祖母每次看见我俩一同玩耍，必叮嘱囡囡好好看待我，勿要相骂。我听人说，他家似乎曾经患难，而我父亲曾经帮他们忙，所以他家大人们吩咐王囡囡照应我。

我起初不会钓鱼，是王囡囡教我的。他叫他大伯买两副钓竿，一副送我，一副他自己用。他到米桶里去捉许多米虫，浸在盛水的罐头里，领了我到木场桥头去钓鱼。他教给我看，先捉起一个米虫来，把钓钩由虫尾穿进，直穿到头部。然后放下水去。他又说："浮珠一动，你要立刻拉，那么钩子钩住鱼的颚，鱼就逃不脱。"我照他所教的试验，果然第一天钓了十几头白条，然而都是他帮我拉钓竿的。

第二天，他手里拿了半罐头扑杀的苍蝇，又来约我去钓鱼。途中他对我说："不一定是米虫，用苍蝇钓鱼更好。鱼喜欢吃苍蝇！"这一天我们钓了一小桶各种的鱼。回家的时候，他把鱼桶送到我家里，说他不要。我母亲就叫红英去煎一煎，给我下晚饭。

自此以后，我只管欢喜钓鱼。不一定要王囡囡陪去，自己一人也去钓，又学得了掘蚯蚓来钓鱼的方法。而且钓来的鱼，不仅够自己下晚饭，还可送给店里的人吃，或给猫吃。我记得这时候我的热心钓鱼，不仅出于游戏欲，又有几分功利的兴味在内。有三四个夏季，我热心于钓鱼，给母亲省了不少的菜蔬钱。

后来我长大了，赴他乡入学，不复有钓鱼的工夫。但在书中常常读到赞咏钓鱼的文句，例如什么"独钓寒江雪"，什么"渔樵度此身"。才知道钓鱼原来是很风雅的事。后来又晓得有所谓"游钓之地"的美名称，是形容人的故乡的。我大受其煽惑，为之大发牢骚：我想钓鱼确是雅的，我的故乡，确是我的游钓之地，确是可怀的故乡。但是现在想想，不幸而这题材也是生灵的杀虐！

我的黄金时代很短，可怀念的又只有这三件事。不幸而都是杀生取乐，都使我永远忏悔。

闲居

丰子恺 / 文

　　闲居，在生活上人都说是不幸的，但在情趣上我觉得是最快适的了。假如国民政府新定一条法律："闲居必须整天禁锢在自己的房间里。"我也不愿出去干事，宁可闲居而被禁锢。

　　在房间里很可以自由取乐，如果把房间当作一幅画看的时候，其布置就如画的"置陈"了。譬如书房，主人的座位为全局的主眼，犹之一幅画风中的 middle point（中心点），须居全幅中最重要的地位。其他自书架、几、椅、藤床、火炉、壁饰、自鸣钟，以至痰盂、纸篓等，各以主眼为中心而布置，使全局的焦点集中于主人的座位，犹之画中的附属物、背景，均须有护卫主物，显衬主物的作用。这样妥帖之后，人在里面，精神自然安定、集中，而快适。这是谁都懂得，谁都可以自由取乐的事。虽然有的人不讲究自己的房间的布置，然走进一间布置很妥帖的房间，一定谁也觉得快适。这可见人人都会鉴赏，鉴赏就是被动的创作，故可说这是谁也懂得，谁也可以自由取乐的事。

我在贫乏而粗末的自己的书房里，常常欢喜做这个玩意儿。把几件粗陋的家具搬来搬去，一月中总要搬数回。搬到痰盂不能移动一寸，脸盆架子不能旋转一度的时候，便有很妥帖的位置出现了。那时候我自己坐在主眼的座上，环视上下四周，君临一切。觉得一切都朝宗于我，一切都为我尽其职司，如百官之朝天，众星之拱北辰。就是墙上一只很小的钉，望去也似乎居相当的位置，对全体为有机的一员，对我尽专任的职司。我统御这个天下，想象南面王的气概，得到几天的快适。

有一次我闲居在自己的房间里，曾经对自鸣钟寻了一回开心。自鸣钟这个东西，在都会里差不多可说是无处不有，无人不备的了。然而它这张脸皮，我看惯了真讨厌得很。罗马字的还算好看；我房间里的一只，又是粗大的数学码子的。数学的九个字，我见了最头痛，谁愿意每天做数学呢！有一天，大概是闲日月中的闲日，我就从墙壁上请它下来，拿油画颜料把它的脸皮涂成天蓝色，在上面画几根绿的杨柳枝，又用硬的黑纸剪成两只飞燕，用糨糊黏住在两只针的尖头上。这样一来，就变成了两只燕子飞逐在杨柳中间的一幅圆额的油画了。凡在三点二十几分，八点三十几分等时候，画的构图就非常妥帖，因为两只飞燕适在全幅中稍偏的位置，而且追随在一块，画面就保住均衡了。辨识时间，没有数目字也是很容易的：针向上垂直为十二时，向下垂直为六时，向左水平为九时，向右水平为三时。这就是把圆周分为四个quarter（一刻钟），是肉眼也很容易办到的事。一个quarter里面平分为三格，就得长针五分钟的距离了，这不十分容易正确，然相差至多不过一两分钟，只要不是天文台、电报局或火车站里，人家家里上下一两分钟本来是不要紧的。倘眼睛锐利一点，看惯之后，其实半分钟也是可以分明辨出的。这自鸣钟现在还挂在我的房间里，虽然惯用之后不甚新颖了，然终不觉得讨厌，因为它在壁上不是显明的实用的一只自鸣钟，而可以冒充一幅油画。

　　除了空间以外，闲居的时候我又欢喜把一天的生活的情调来比方音乐。如果把一天的生活当作一个乐曲，其经过就像乐章（movement）的移行了。一天的早晨，晴雨如何？冷暖如何？人事的情形如何？犹之第一乐章的开始，先已奏出全曲的根柢的"主题"（thema）。一天的生活，例如事务的纷忙，意外的发生，祸福的临门，犹如曲中的长音阶变为短音阶的，C调变为F调，adagio（柔板）变为allegrio（快板），其或昼永人闲，平安无事，那就像始终C调的andante（行板）的长大的乐章了。以气候而论，春日是孟檀尔伸（Mendelsson门德尔松），夏日是斐德芬（Beethoven贝多芬），秋日是晓邦（Chopin肖邦）、修芒

（Schumann舒曼），冬日是修斐尔德（Schubert舒伯特）。这也是谁也可以感到，谁也可以懂得的事，试看无论什么机关里、团体里，做无论什么事务的人，在阴雨的天气，办事一定不及在晴天的起劲，高兴，积极。如果有不论天气，天天照常办事的人，这一定不是人，是一架机器。只要看挑到我们后门头来卖臭豆腐干的江北人，近来秋雨连日，他的叫声自然懒洋洋地低钝起来，远不如一月以前的炎阳下的"臭豆腐干"的热辣了。

我的梦，我的青春！——自传之二

郁达夫 / 文

不晓得是在哪一本俄国作家的作品里，曾经看到过一段写一个小村落的文字，他说："譬如有许多纸折起来的房子，摆在一段高的地方，被大风一吹，这些房子就歪歪斜斜地飞落到了谷里，紧挤在一道了。"前面有一条富春江绕着，东西北的三面尽是些小山包住的富阳县城，也的确可以借了这一段文字来形容。

虽则是一个行政中心的县城，可是人家不满三千，商店不过百数；一般居民，全不晓得做什么手工业，或其他新式的生产事业，所靠以度日的，有几家自然是祖遗的一点田产，有几家则专以小房子出租，在吃两元三元一月的租金；而大多数的百姓，却还是既无恒产，又无恒业，没有目的，没有计划，只同蟑螂似的在那里出生，死亡，繁殖下去。

这些蟑螂的密集之区，总不外乎两处地方；一处是三个铜子一碗的茶店，一处是六个铜子一碗的小酒馆。他们在那里从早晨坐起，一直可以坐到晚上上排门的时候；讨论柴米油盐的价格，传播东邻西舍的新闻，为了一点不相干的细事，譬如说吧，甲以为李德泰的煤油只卖三个铜子一提，乙以为是五个铜子两提的话，双方就会得争论起来；此外的人，也马上分成甲党或乙党提出证据，互相论辩；弄到后来，也许相打起来，打得头破血流，还不能够解决。

因此，在这么小的一个县城里，茶店酒馆，竟也有五六十家之多；于是大部分的蟑螂，就家里可以不备面盆手巾，桌椅板凳，饭锅碗筷等日常用具，而悠悠地生活过去了。离我们家里不远的大江边上，就有这样的两处蟑螂之窟。

在我们的左面，住有一家砍砍柴，卖卖菜，人家死人或婆亲，去帮帮忙跑跑腿的人家。他们的一族，男女老小的人数很多很多，而住的那一间屋，却只比牛栏马槽大了一点。他们家里的顶小的一位苗裔年纪比我大一岁，名字叫阿千，冬天穿的是同伞似的一堆破絮，夏天，大半身是光光地裸着的；因而皮肤黝黑，臂膀粗大，脸上也像是生落地之后，只洗了一次的样子。他虽只比我大了一岁，但是跟了他们屋里的大人，茶店酒馆日日去上，婚丧的人家，也老在进出；打起架吵起嘴来，尤其勇猛。我每天见他从我们的门口走过，心里老在羡慕，以为他又上茶店酒馆去了，我要到什么时候，才可以同他一样的和大人去夹在一道呢！

而他的出去和回来，不管是在清早或深夜，我总没有一次不注意到的，因为他的喉音很大，有时候一边走着，一边在绝叫着和大人谈天，若只他一个人的时候哩，总在噜苏地唱戏。

当一天的工作完了，他跟了他们家里的大人，一道上酒店去的时候，看见我欣羡地立在门口，他原也曾邀约过我；但一则怕母亲要骂，二则胆子终于太小，经不起那些大人的盘问笑说，我总是微笑着摇摇头，就跑进屋里去躲开了，为的是上茶酒店去的诱惑性，实在强不过。

有一天春天的早晨，母亲上父亲的坟头去扫墓去了，祖母也一侵早上了一座远在三四里路外的庙里去念佛。翠花在灶下收拾早餐的碗筷，我只一个人立在门口，看有淡云浮着的青天。忽而阿千唱着戏，背着钩刀和小扁担绳索之类，从他的家里出来，看了我的那种没精打采的神气，他就立了下来和我谈天，并且说：

"鹳山后面的盘龙山上，映山红开得多着哩；并且还有乌米饭（是一种小黑果子），彤管子（也是一种刺果），刺莓等等，你跟了我来吧，我可以采一大堆给你。你们奶奶，不也在北面山脚下的真觉寺里念佛么？等我砍好了柴，我就可以送你上寺里去吃饭去。"

阿千本来是我所崇拜的英雄，而这一回又只有他一个人去砍柴，天气那么的好，今天侵早祖母出去念佛的时候，我本是嚷着要同去的，但她因为怕我走不动，就把我留下了。现在一听到了这一个提议，自然是心里急跳了起来，两只脚便也很轻松地跟他出发了，并且还只怕翠花要出来阻挠，跑路跑得比平时只有得快些。出了弄堂，向东沿着江，一口气跑出了县城之后，天地宽广起来了，我的对于这一次冒险的惊惧之心就马上被大自然的威力所压倒。这样问问，那样谈谈，阿千真像是一部小小的自然界的百科大辞典；而到盘龙山脚去的一段野路，便成了我最初学自然科学的模范小课本。

麦已经长得有好几尺高了，麦田里的桑树，也都发出了绒样的叶芽。晴天里舒叔叔的一声飞鸣过去的，是老鹰在觅食；树枝头吱吱喳喳，似在打架又像是在谈天的，大半是麻雀之类；远处的竹林丛里，既有抑扬，又带余韵，在那里歌唱的，才是深山的画眉。

上山的路旁，一拳一拳像小孩子的拳头似的小草，长得很多；拳的左右上下，满长着了些绛黄的绒毛，仿佛是野生的虫类，我起初看了，只在害怕，走路的时候，若遇到一丛，总要绕一个弯，让开它们，但阿千却笑起来了，他说：

"这是薇蕨，摘了去，把下面的粗干切了，炒起来吃，味道是很好的哩！"

渐走渐高了，山上的青红杂色，迷乱了我的眼目。日光直射在山坡上，从草木泥土里蒸发出来的一种气息，使我呼吸感到了困难；阿千也走得热起来了，把他的一件破夹袄一脱，丢向了地下，教我在一块大石上坐下息着，他一个人穿了一件小衫唱着戏去砍柴采野果去了；我回身立在石上，向大江一看，又深深地深深地得到了一种新的惊异。

这世界真大呀！那宽广的水面！那澄碧的天空！那些上下的船只，究竟是从哪里来，上哪里去的呢？

我一个人立在半山的大石上，近看看有一层阳炎在颤动着的绿野桑田，远看看天和水以及淡淡的青山，渐听得阿千的唱戏声音幽下去远下去了，心里就莫名其妙的起了一种渴望与愁思。我要到什么时候才能大起来呢？我要到什么时候才可以到这像在天边似的远处去呢？到了天边，那么我的家呢？我的家里的人呢？同时感到了对远处的遥念与对乡井的离愁，眼角里便自然而然地涌出了热泪。到后来，脑子也昏乱了，眼睛也模糊了，我只呆呆的立在那块大石上的太阳里做幻梦。我梦见有一只揩擦得很洁净的船，船上面张着了一面很大很饱满的白帆，我和祖母母亲翠花阿千等都在船上，吃着东西，唱着戏，顺流下去，到了一处不相识的地方。我又梦见城里的茶店酒馆，都搬上山来了，我和阿千便在这山上的酒馆里大喝大嚷，旁边的许多大人，都在那里惊奇仰视。

这一种接连不断的白日之梦,不知做了多少时候,阿千却背了一捆小小的草柴,和一包刺莓映山红乌米饭之类的野果,回到我立在那里的大石边来了;他脱下了小衫,光着了脊肋,那些野果就系包在他的小衫里面的。

他提议说,时候不早了,他还要砍一捆柴,且让我们吃着野果,先从山腰走向后山去罢,因为前山的草柴,已经被人砍完,第二捆不容易采刮拢来了。

慢慢地走到了山后,山下的那个真觉寺的钟鼓声音,早就从春空里传送到了我们的耳边,并且一条青烟,也刚从寺后的厨房里透出了屋顶。向寺里看了一眼,阿千就放下了那捆柴,对我说:

"他们在烧中饭了,大约离吃饭的时候也不很远,我还是先送你到寺里去吧!"

我们到了寺里,祖母和许多同伴者的念佛婆婆,都张大了眼睛,惊异了起来。阿千走后,她们就开始问我这一次冒险的经过,我也感到了一种得意,将如何出城,如何和阿千上山采集野果的情形,说得格外的详细。后来坐上桌去吃饭的时候,有一位老婆婆问我:"你大了,打算去做些什么?"我就毫不迟疑地回答她说:"我愿意去砍柴!"

故乡的茶店酒馆,到现在还在风行热闹,而这一位茶店酒馆里的小英雄，初次带我上山去冒险的阿干，却在一年涨大水的时候，喝醉了酒，淹死了。他们的家族，也一个个地死的死，散的散，现在没有生存者了；他们的那一座牛栏似的房屋，已经换过了两三个主人。时间是不饶人的，盛衰起灭也绝对地无常的：阿干之死，同时也带去了我的梦，我的青春！

八年的回忆与感想

闻一多 / 文

　　说到联大的历史和演变，我们应追溯到长沙临时大学的一段生活。最初师生们陆续由北平跑出，到长沙集齐，住在圣经学校里，大家的情绪只是兴奋而已。记得教授们每天晚上吃完饭，大家聚在一间房子里，一边吃着茶，抽着烟，一边看着报纸，研究着地图，谈论着战事和各种问题。有时一个同事新从北方来到，大家更是兴奋地听他的逃难的故事和沿途的消息。大体上说，那时教授们和一般人一样只有着战争刚爆发时的紧张和愤慨，没有人想到战争是否可以胜利。既然我们被迫得不能不打，只好打了再说。人们对于保卫某据点的时间的久暂，意见有些出入，然而即使是最悲观的也没有考虑到战事如何结局的问题。那时我们甚至今天还不知道明天要做什么事。因为学校虽然天天在筹备开学，我们自己多数人心里却怀着另外一个幻想。我们脑子里装满了欧美现代国家的观念，以为这样的战争，一发生，全国都应该动员起来，自然我们自己也不是例外。于是我们有的等着政府的指示：或上前方参加工作，或在后方从事战时的生产，至少也可以在士兵或民众教育上尽点力。事实证明这个幻想终于只是幻想，于是我们的心理便渐渐回到自己岗位上的工作，我们依然得准备教书，教我们过去所教的书。

因为长沙圣经学校校舍的限制，我们文学院是指定在南岳上课的。在这里我们住的房子也是属于圣经学校的。这些房子是在山腰上，前面在我们脚下是南岳镇，后面往山里走，便是那探索不完的名胜。

在南岳的生活，现在想起来，真有"恍如隔世"之感。那时物价还没有开始跳涨，只是在微微的波动着罢了。记得大前门纸烟涨到两毛钱一包的时候，大家曾考虑到戒烟的办法。南岳是个偏僻的地方，报纸要两三天以后才能看到，世界注意不到我们，我们也就渐渐不大注意世界了，于是在有规则性的上课与逛山的日程中，大家的生活又慢慢安定下来。半辈子的生活方式，究竟不容易改掉，暂时的扰动，只能使它表面上起点变化，机会一来，它还是要恢复常态的。

讲到同学们，我的印象是常有变动，仿佛时常走掉的并不比新来的少，走掉的自然多半是到前线参加实际战争去的。但留下的对于功课多数还是很专心的。

抗战对中国社会的影响，那时还不甚显著，人们对蒋主席的崇拜与信任，几乎是没有限度的。在没有读到史诺的《西行漫记》一类的书的时候，大家并不知道抗战是怎样起来的，只觉得那真是由于一个英勇刚毅的领导，对于这样一个人，你除了钦佩，还有什么话可说呢！有一次，我和一位先生谈到国共问题，大家都以为西安事变虽然业已过去，抗战却并不能把国共双方根本的矛盾彻底解决，只是把它暂时压下去了，这个矛盾将来是可能又现出来的。然则应该如何永久彻底解决这问题呢？这位先生认为英明神圣的领袖，代表着中国人民的最高智慧，时机来了，他一定会向左靠拢一点，整个国家民族也就会跟着他这样做，那时左右的问题自然就不存在了。现在想想，中国的"真命天子"的观念真是根深蒂固！可惜我当时没有反问这位先生一句："如果领袖不向平安的方向靠，而是向黑暗的深渊里冲，整个国家民族是否也就跟着他那样做呢？"

　　但这在当时究竟是辽远的事情，当时大家争执得热烈的倒是应否实施战时教育的问题。同学中一部分觉得应该有一种有别于平时的战时教育，包括打靶，下乡宣传之类。教授大都与政治的看法相同，认为我们应该努力研究，以待将来建国之用，何况学生受了训，不见得比大兵打得更好，因为那时的中国军队确乎打得不坏。结果是两派人各行其是，愿意参加战争的上了前线，不愿意的依然留在学校里读书。在这里我们应该注意：并不是全体学生都主张战时教育而全体教授都主张平时教育，前面说过，教授们也曾经等待过征调，只因征调没有消息，他们才回头来安心教书的。有些人还到南京或武昌去向政府投效过，结果自然都败兴而返。至于在学校里，他们并不积极反对参加点配合抗战的课程，但一则教育部没有明确的指示，二则学校教育一向与现实生活脱节，要他们炮声一响马上就把教育和现实配合起来，又叫他们如何下手呢？

武汉情势日渐危急，长沙的轰炸日益加剧，学校决定西迁了。一部分男同学组织了步行团，打算从湖南经贵州走到云南。那一次参加步行团的教授除我之外，还有黄子坚、袁复礼、李继侗、曾昭抡等先生，我们沿途并没有遇到土匪，如外面所传说的。只有一次，走到一个离土匪很近的地方，一夜大家紧张戒备，然而也是一场虚惊而已。

那时候，举国上下都在抗日的紧张情绪中，穷乡僻野的老百姓也都知道要打日本，所以沿途并没有作什么宣传的必要。同人民接近倒是常有的事。但多数人所注意的还是苗区的风俗习惯、服装、语言，和名胜古迹等等。

在旅途中同学们的情绪很好，仿佛大家都觉得上面有一个英明的领袖，下面有五百万勇敢用命的兵士抗战，反正是没有问题的。我们只希望到昆明后，有一个能给大家安心读书的环境。大家似乎都不大谈，甚至也不大想政治问题。有时跟辅导团团长为了食宿闹点别扭，也都是很小的事，一般说来，都是很高兴的。

到昆明后，文法学院到蒙自待了半年，蒙自又是一个世外桃源。到蒙自后，抗战的成绩渐渐露出马脚，有些被抗战打了强心针的人，现在，兴奋的情绪不能不因为冷酷的事实而渐渐低落了。

在蒙自，吃饭对于我是一件大苦事。第一我吃菜吃得咸，而云南的盐淡得可怕，叫厨工每餐饭准备一点盐，他每每又忘记，我也懒得多麻烦，于是天天只有忍痛吃淡菜。第二，同桌是一群著名的败北主义者，每到吃饭时必大发其败北主义的理论，指着报纸得意洋洋地说："我说了要败，你看罢！现在怎么样？"他们人多势众，和他们辩论是无用的。这样每次吃饭对于我简直是活受罪。

云南的生活当然不如北平舒服。有些人的家还在北平、上海或是香港，他们离家太久，每到暑假当然想回去看看，有的人便在这时一去不返了。

等到新校舍筑成，我们搬回昆明。这中间联大有一段很重要的历史，就是皖南事变时期，同学们在思想上分成了两个堡垒。那年我正休假，在晋宁县住了一年，所以校内的情形不大清楚，只听说有一部分同学离开了学校，但是后来又陆续回来了。

教授的生活在那时因为物价还没有显著的变化，并没有大变动。交通也比较方便，有的教授还常常回北平去看看家里的人，如刘崇鋐先生就回去过几次。

一般说来，先生和同学那时都注重学术的研究和学习，并不像现在整天谈政治，谈时事。

《中国之命运》一书的出版，在我个人是很重要的关键。我简直被那里面的义和团精神吓了一跳，我们的英明的领袖原来是这样想法的吗？"五四"给我的影响太深，《中国之命运》公开的向"五四"宣战，我是无论如何受不了的。

大学的课程，甚至教材都要规定，这是陈立夫做了教育部长后才有的现象。这些花样引起了教授中普遍的反感。有一次教育部要重新"审定"教授们的"资格"，教授会中讨论到这问题，许多先生，发言非常愤慨，但，这并不意味着反对国民党的情绪。

联大风气开始改变，应该从三十三年算起，那一年政府改三月二十九日为青年节，引起了教授和同学们一致的愤慨。抗战期中的青年是大大的进步了，这在"一二·一"运动中，表现得尤其清楚。那几年同学中跑仰光赚钱的固然有，但那究竟是少数，并且这责任归根究底，还应该由政府来负。

这两年来，同学们对学术研究比较冷淡，确是事实，但人们因此而悲观，却是过虑。政治问题诚然是暂时的事，而学术研究是一个长期的工作。有些人主张不应该为了暂时的工作而荒废了永久的事业，初听这说法很有道理，但是暂时的难关通不过，怎能达到那永久的阶段呢？而且政治上了轨道，局势一安定下来，大家自然会回到学术里来的。

这年头愈是年青的，愈能识大体，博学多能的中年人反而只会挑剔小节，正当青年们昂起头来做人的时候，中年人却在黑暗的淫威面前屈膝了。究竟是谁应该向谁学习？想到这里，我觉得在今天所有的不合理的现象之中，教育，尤其大学教育，是最不合理的。抗战以来八九年教书生活的经验，使我整个的否定了我们的教育。我不知道我还能继续支持这样的生活多久，如果我真是有廉耻的话！

十七年的回顾

胡适 / 文

　　我于前清光绪三十年的二月间从徽州到上海求那当时所谓"新学"。我进梅溪学堂后不到两个月，《时报》便出版了。那时正当日俄战争初起的时候，全国的人心大震动。但是当时的几家老报纸仍旧做那长篇的古文论说，仍旧保守那遗传下来的老格式与老办法，故不能供给当时的需要。就是那比较稍新的《中外日报》也不能满足许多人的期望。《时报》应此时势而产生。他的内容与办法也确然能够打破上海报界的许多老习惯，能够开辟许多新法门，能够引起许多新兴趣。因此《时报》出世之后不久就成了中国智识阶级的一个宠儿。几年之后《时报》与学校几乎成了不可分离的伴侣了。

　　我那年只有十四岁，求知的欲望正盛，又颇有一点文学的兴趣，因此我当时对于《时报》的感情比对于别报都更好些。我在上海住了六年，几乎没有一天不看《时报》的。我记得有一次《时报》征求报上登的一部小说的全份，似乎是《火里罪人》，我也是送去应征的许多人中的一个。我当时把《时报》上的许多小说诗话笔记长篇的专著都剪下来分粘成小册子，若有一天的报遗失了，我心里便不快乐。总想设法把它补起来。

我现在回想当时我们那些少年人何以这样爱恋《时报》呢？我想有两个大原因：

第一，《时报》的短评在当日是一种创体，做的人也聚精会神的大胆说话，故能引起许多人的注意，故能在读者脑筋里发生有力的影响。我记得《时报》产生的第一年里有几件大案子：一件是周生有案，一件是大闹会审公堂案。《时报》对于这几件事都有很明决的主张，每日不但有"冷"的短评，有时还有几个人的签名短评，同时登出。这种短评在现在已成了日报的常套了，在当时却是一种文体的革新。用简短的词句，用冷峻明利的口吻，几乎逐句分段，使读者一目了然，不消费工夫去点句分段，不消费工夫去寻思考索。当日看报人的程度还在幼稚时代，这种明快冷刻的短评正合当时的需要。我还记得当周生有案快结束的时候，我受了《时报》短评的影响，痛恨上海道袁树勋的丧失国权，曾和两个同学写了一封长信去痛骂他。这也可见《时报》当日对于一般少年人的影响之大。这确是《时报》的一大贡献。我们试看这种短评，在这十七年来，逐渐变成了中国报界的公用文体，这就可见他们的用处与他们的魔力了。

第二，《时报》在当日确能引起一般少年人的文学兴趣。中国报纸登载小说大概最早的要算徐家汇的《汇报》。那时我还没有出世呢。但《汇报》登的小说一大部分后来汇刻为《兰苕馆外史》，都是《聊斋》式的怪异小说，没有什么影响。戊戌以后，杂志里时时有译著的小说出现。专提倡小说的杂志也有了几种，例如《新小说》及《绣像小说》（商务）。日报之中只有《繁华报》（一种花报），逐日登载李伯元的小说。那些"大报"好像还不屑做这种事业。（这一点我不敢断定，我那时年纪太小了，看的报又不多，不知《时报》以前的大报有没有登小说的。）那时的几个大报大概都是很干燥枯寂的，他们至多不过能做一两篇合于古文义法的长篇论说罢了。《时报》出世以后每日登载"冷"或"笑"译著的小说，有时每日有两种冷血先生的白话小说，在当时译界中确要算很好的译笔。他有时自己也做一两篇短篇小说，如福尔摩斯来华侦探案等，也是中国人做新体短篇小说最早的一段历史。《时报》登的许多小说之中，《双泪碑》最风行。但依我看来，还应该推那些白话译本为最好。这些译本如《销金窟》之类，用很畅达的文笔，作很自由的翻译，在当时最为适用。倘《几道山恩仇记》（Count of Monte cristo）① 全书都能像《销金窟》（此乃《恩仇记》的一部分）这样的译出，这部名著在中国一定也会成了一部"家喻户晓"的小说了。《时报》当日还有《平等阁诗话》一栏，对于现代诗人的介绍，选择很精。诗话虽不如小说之风行，也很能引起许多人的文学兴趣。我关于现代中国诗的知识差不多都是先从这部诗话里引起的。

我们可以说《时报》的第二个大贡献是为中国日报界开辟一种带文学兴趣的"附张"。自从《时报》出世以来，这种文学附张的需要也渐渐的成为日报界公认的了。

这两件都是比较重大的贡献。此外如专电及要闻，分别轻重，参用大小字，如专电的加多等等，在当日都是日报界的革新事业，在今日也都成为习惯，不觉得新鲜了。我们若回头去研究这许多习惯的由来，自不能不承认《时报》在中国日报史上的大功劳。简单说来，《时报》的贡献是在十七年前发起了几件重要的新改革。这几件新改革因为适合时代的需要，故后来的报纸也不能不尽量采用，就渐渐的变成中国日报不可少的制度了。

我是同《时报》做了六年好朋友的人，庚戌去国以后，虽然不能有从前的亲密，但也时常相见；现在看见《时报》长大成了一个十七岁的少年，我自然很欢喜。我回想我从前十四岁到十九

① 今译《基督山伯爵》。——编者注

岁的六年之中——一个人最重要最容易感化的时期——受了《时报》的许多好影响，故很高兴的把我少年时对于《时报》的关系写出来，指出它对于当时读者和对于中国报界的贡献，作为《时报》的一段小史，并且表示我感谢它祝贺它的微意。

但是我们当此庆贺的纪念，与其追念过去的成功，远不如悬想将来的进步。过去的成绩只应该鼓励现在的人努力造一个更大更好的将来，这是"时"字的教训。倘若过去的光荣只使后来的人增加自满的心，不再求进步，那就像一个辛苦积钱的人成了家私之后天天捧着元宝玩弄，岂不成了一个守钱虏了吗？

我们都知道时代是常常变迁的，往往前一时代的需要，到了后一时代便不适用了。《时报》当日应时势的需要，为日报界开了许多法门，但当日所谓"新"的，现在已成旧习惯了，当日所谓"时"的，现在早已过时了。《时报》在当日是报界的先锋，但十七年来旧报都改新了，新报也出了不少了，当日的先锋在今日竟同着大队按步徐行了。大队今日之赶上先锋，自然未必不是先锋的功劳，但做先锋的人还应该努力向前争这个"先锋"的位置。我今年在上海时曾和《时报》的一位先生谈话，他说，"日报"不当做先锋，因为日报是要给大多数人看的。这位先生也是当日做先锋的人，这句话未免使我大失望。我以为日报因为是给大多数人看的，故最应该做先锋，故最适宜于做先锋。何以最适宜呢？因为日报能普及许多人，又可用"且且而伐之"的死工夫，故日报的势力最难抵抗，最易发生效果。何以最应该呢？因为日报既是这样有力的一种社会工具，若不肯做先锋，若自甘随着大队同行，岂不是放弃了一种大责任？岂不是错过了一个好机会？岂不是辜负了一种大委托吗？

即如《时报》早年的历史，便是一个明显的例。《时报》在当日为什么不跟着大家做长篇的古文论说呢？为什么要改作短评呢？为什么要加添文学的附录呢？《时报》倡出这种种制度之后，十几年之中，全国的日报都跟着变了，全国的看报人也不知不觉的变了。那几十万的读者，十几年来，从没有一个人出来反对某报体例的变更的。这就可见那大多数看报的人虽然不免有点天然的惰性，究竟抵不住"且且而伐之"的提倡力。假使《申报》今天忽然大变政策，大谈社会主义，难道那看《申报》的人明天就会不看《申报》了吗？又假使《新闻报》明天忽然大变政策，一律改用白话，难道那看《新闻报》的人后天就会不看《新闻报》了吗？我可以说："决不会的。"看报人的守旧性乃是主笔先生的疑心暗鬼。主笔先生自己丧失了"先锋"的锐气，故觉得社会上多数人都不愿他努力向前。譬如戴绿眼镜的人看着一切东西都变绿了，如果他要知道荷花是红的，金子是黄的，他须得把这副绿眼镜除下来试试看。今天是《时报》新屋落成的纪念，也是它除旧布新的一个转机，我这个同《时报》一块长大的小时朋友，对它的祝词，只是："《时报》是做过先锋的，是一个立过大功的先锋，我希望它不必抛弃了先锋的地位，我希望它发愤向前努力替社会开先路，正如它在十七年前替中国报界开了许多先路！"

牵挂一个人，是分分秒秒的思念

悼夏丏尊先生

丰子恺 / 文

　　我从重庆郊外迁居城中，候船返沪。刚才迁到，接得夏丏尊老师逝世的消息。记得三年前，我从遵义迁重庆，临行时接得弘一法师往生的电报。我所敬爱的两位教师的最后消息，都在我行旅倥偬的时候传到。这偶然的事，在我觉得很是蹊跷。因为这两位老师同样的可敬可爱，昔年曾经给我同样宝贵的教诲；如今噩耗传来，也好比给我同样的最后训示。这使我感到分外的哀悼与警惕。

　　我早已确信夏先生是要死的，同确信任何人都要死的一样。但料不到如此其速。八年违教，快要再见，而终于不得再见！真是天实为之，谓之何哉！

　　犹忆二十六年秋，卢沟桥事变之际，我从南京回杭州，中途在上海下车，到梧州路去看夏先生。先生满面忧愁，说一句话，叹一口气。我因为要乘当天的夜车返杭，匆匆告别。我说："夏先生再见。"夏先生好像骂我一般愤然地答道："不晓得能不能再见！"同时又用凝注的眼光，站立在门口目送我。我回头对他发笑。因为夏先生老是善愁，而我总是笑他多忧。岂知这一次正是我们的最后一面，果然这一别"不能再见"了！

后来我扶老携幼，仓皇出奔，辗转长沙、桂林、宜山、遵义、重庆各地。夏先生始终住在上海。初年还常通信。自从夏先生被敌人捉去监禁了一回之后，我就不敢写信给他，免得使他受累。胜利一到，我写了一封长信给他。见他回信的笔迹依旧遒劲挺秀，我很高兴。字是精神的象征，足证夏先生精神依旧。当时以为马上可以再见了，岂知交通与生活日益困难，使我不能早归；终于在胜利后八个半月的今日，在这山城客寓中接到他的噩耗，也可说是"抱恨终天"的事！

夏先生之死，使"文坛少了一位老将"，"青年失了一位导师"，这些话一定有许多人说，用不着我再讲。我现在只就我们的师弟情缘上表示哀悼之情。

夏先生与李叔同先生（弘一法师），具有同样的才调，同样的胸怀。不过表面上一位做和尚，一位是居士而已。

犹忆三十余年前，我当学生的时候，李先生教我们图画、音乐，夏先生教我们国文。我觉得这三种学科同样的严肃而有兴趣。就为了他们二人同样的深解文艺的真谛，故能引人入胜。夏先生常说："李先生教图画、音乐，学生对图画、音乐，看得比国文、数学等更重。这是有人格作背景的缘故。因为他教图画、音乐，而他所懂得的不仅是图画、音乐；他的诗文比国文先生的更好，他的书法比习字先生的更好，他的英文比英文先生的更好……这好比一尊佛像，有后光，故能令人敬仰。"这话也可说是"夫子自道"。夏先生初任舍监，后来教国文。但他也是博学多能，只除不弄音乐以外，其他诗文、绘画（鉴赏）、金石、书法、理学、佛典，以至外国文、科学等，他都懂得。因此能和李先生交游，因此能得学生的心悦诚服。

他当舍监的时候，学生们私下给他起个诨名，叫夏木瓜。但这并非恶意，却是好心。因为他对学生如对子女，率直开导，不用敷衍、欺蒙、压迫等手段。学生们最初觉得忠言逆耳，看见他的头大而圆，就给他起这个诨名。但后来大家都知道夏先生是真爱我们，这绰号就变成了爱称而沿用下去。凡学生有所请愿，大家都说："同夏木瓜讲，这才成功。"他听到请愿，也许暗呜叱咤地骂你一顿；但如果你的请愿合乎情理，他就当作自己的请愿，而替你设法了。

他教国文的时候，正是"五四"将近。我们做惯了"太王留别父老书""黄花主人致无肠公子书"之类的文题之后，他突然叫我们做一篇"自述"。而且说："不准讲空话，要老实写。"有一位同学，写他父亲客死他乡，他"星夜匍伏奔丧"。夏先生苦笑着问他:"你那天晚上真个是在地上爬去的?"引得大家发笑,那位同学脸孔绯红。又有一位同学发牢骚,赞隐遁,说要"乐琴书以消忧,抚孤松而盘桓"。夏先生厉声问他:"你为什么来考师范学校?"弄得那人无言可对。这样的教法,最初被顽固守旧的青年所反对。他们以为文章不用古典,不发牢骚,就不高雅。竟有人说:"他自己不会做古文(其实做得很好),所以不许学生做。"但这样的人,毕竟是少数。多数学生,对夏先生这种从来未有的、大胆的革命主张,觉得惊奇与折服,好似长梦猛醒,恍悟今是昨非。这正是"五四运动"的初步。

李先生做教师,以身作则,不多讲话,使学生衷心感动,自然诚服。譬如上课,他一定先到教室,黑板上应写的,都先写好(用另一黑板遮住,用到的时候推开来)。然后端坐在讲台上等学生到齐。譬如学生还琴时弹错了,他举目对你一看,但说:"下次再还。"有时他没有说,学生吃了他一眼,自己请求下次再还了。他话很少,说时总是和颜悦色的。但学生非常怕他,敬爱他。夏先生则不然,毫无矜持,有话直说。学生便嬉皮笑脸,同他亲近。偶然走过校庭,看见年纪小的学生弄狗,他也要管:"为啥同狗为难!"放假日子,学生出门,夏先生看见了便喊:"早些回来,勿可吃酒啊!"学生笑着连说:"不吃,不吃!"赶快走路。走得远了,夏先生还要大喊:"铜钿少用些!"学生一方面笑他，一方面实在感激他，敬爱他。

夏先生与李先生对学生的态度，完全不同。而学生对他们的敬爱，则完全相同。这两位导师，如同父母一样。李先生的是"爸爸的教育"，夏先生的是"妈妈的教育"。夏先生后来翻译的《爱的教育》，风行国内，深入人心，甚至被取作国文教材。这不是偶然的事。

我师范毕业后，就赴日本。从日本回来就同夏先生共事，当教师，当编辑。我遭母丧后辞职闲居，直至逃难。但其间与书店关系仍多，常到上海与夏先生相晤。故自我离开夏先生的绛帐，直到抗战前数日的诀别，二十年间，常与夏先生接近，不断地受他的教诲。其时李先生已经做了和尚，芒鞋破钵，云游四方，和夏先生仿佛是两个世界的人。但在我觉得仍是以前的两位导师，不过所导的范围由学校扩大为人世罢了。

李先生不是"走投无路，遁入空门"的，是为了人生根本问题而做和尚的。他是真正做和尚，他是痛感于众生疾苦而"行大丈夫事"的。夏先生虽然没有做和尚，但也是完全理解李先生的胸怀的；他是赞善李先生的行大丈夫事的。只因种种尘缘的牵阻，使夏先生没有勇气行大丈夫事。夏先生一生的忧愁苦闷，由此发生。

凡熟识夏先生的人，没有一个不晓得夏先生是个多忧善愁的人。他看见世间的一切不快、不安、不真、不善、不美的状态，都要皱眉，叹气。他不但忧自家，又忧友，忧校，忧店，忧国，忧世。朋友中有人生病了，夏先生就皱着眉头替他担忧；有人失业了，夏先生又皱着眉头替他着急；有人吵架了，有人吃醉了，甚至朋友的太太要生产了，小孩子跌跤了……夏先生都要皱着眉头替他们忧愁。学校的问题，公司的问题，别人都当作例行公事处理的，夏先生却当作自家的问题，真心地担忧。国家的事，世界的事，别人当作历史小说看的，在夏先生都是切身问题，真心地忧愁，皱眉，叹气。故我和他共事的时候，对夏先生凡事都要讲得乐观些，有时竟瞒过他，免得使他增忧。他和李先生一样的痛感众生的疾苦。但他不能和李先生一样行大丈夫事；他只能忧伤终老。在"人世"这个大学校里，这二位导师所施的仍是"爸爸的教育"与"妈妈的教育"。

朋友的太太生产，小孩子跌跤等事，都要夏先生担忧。那么，八年来水深火热的上海生活，不知为夏先生增添了几十万斛的忧愁！忧能伤人，夏先生之死，是供给忧愁材料的社会所致使，日本侵略者所促成的！以往我每逢写一篇文章，写完之后总要想："不知这篇东西夏先生看了怎么说。"因为我的写文，是在夏先生的指导鼓励之下学起来的。今天写完了这篇文章，我又本能地想："不知这篇东西夏先生看了怎么说。"两行热泪，一齐沉重地落在这原稿纸上。

落花生

许地山 / 文

　　我们屋后有半亩隙地。母亲说："让它荒芜着怪可惜，既然你们那么爱吃花生，就辟来做花生园罢。"我们几姊弟和几个小丫头都很喜欢——买种的买种，动土的动土，灌园的灌园；过不了几个月，居然收获了！

　　妈妈说："今晚我们可以做一个收获节，也请你们爹爹来尝尝我们的新花生，如何？"我们都答应了。母亲把花生做成好几样的食品，还吩咐这节期要在园里的茅亭举行。

　　那晚上的天色不大好，可是爹爹也到来，实在很难得！爹爹说："你们爱吃花生么？"

　　我们都争着答应："爱！"

　　"谁能把花生的好处说出来？"

　　姊姊说："花生的气味很美。"

　　哥哥说："花生可以制油。"

我说:"无论何等人都可以用贱价买它来吃;都喜欢吃它。这就是它的好处。"

爹爹说:"花生的用处固然很多,但有一样是很可贵的。这小小的豆不像那好看的苹果、桃子、石榴,把它们的果实悬在枝上,鲜红嫩绿的颜色,令人一望而发生羡慕的心。它只把果子埋在地底,等到成熟,才容人把它挖出来。你们偶然看见一棵花生瑟缩地长在地上,不能立刻辨出它有没有果实,非得等到你接触它才能知道。"

我们都说:"是的。"母亲也点点头。爹爹接下去说:"所以你们要像花生,因为它是有用的,不是伟大、好看的东西。"

我说:"那么,人要做有用的人,不要做伟大、体面的人了。"

爹爹说:"这是我对于你们的希望。"

我们谈到夜阑才散,所有花生食品虽然没有了,然而父亲的话现在还印在我心版上。

初恋

周作人 / 文

　　那时我十四岁，她大约是十三岁吧。我跟着祖父的姜宋姨太太寄寓在杭州的花牌楼，间壁住着一家姚姓，她便是那家的女儿，她本姓杨，住在清波门头，大约因为行三，人家都称她作三姑娘。姚家老夫妇没有子女，便认她做干女儿，一个月里有二十多天住在他们家里，宋姨太太和远邻的羊肉店石家的媳妇虽然很说得来，与姚宅的老妇却感情很坏，彼此都不交口，但是三姑娘并不管这些事，仍旧推进门来游嬉。她大抵先到楼上去，同宋姨太太搭讪一回，随后走下楼来，站在我同仆人阮升公用的一张板桌旁边，抱着名叫"三花"的一只大猫，看我映写陆润庠的木刻的字帖。

　　我不曾和她谈过一句话，也不曾仔细地看过她的面貌与姿态。大约我在那时已经很是近视，但是还有一层缘故，虽然非意识的对于她很是感到亲近，一面却似乎为她的光辉所掩，抬不起眼来去端详她了。在此刻回想起来，仿佛是一个尖面庞，乌眼睛，瘦小身材，而且有尖小的脚的少女，并没有什么殊胜的地方，但在我的性的生活里总是第一个人，使我于自己以外感到对于别人的爱着，引起我没有明了的性之概念的，对于异性的恋慕的第一个人了。

我在那时候当然是"丑小鸭"，自己也是知道的，但最终不以此而减灭我的热情。每逢她抱着猫来看我写字，我便不自觉的振作起来，用了平常所无的努力去映写，感着一种无所希求的迷蒙的喜乐。并不问她是否爱我，或者也还不知道自己是爱着她，总之对于她的存在感到亲近喜悦，并且愿为她有所尽力，这是当时实在的心情，也是她所给我的赐物了。在她是怎样不能知道，自己的情绪大约只是淡淡的一种恋慕，始终没有想到男女关系的问题。有一天晚上，宋姨太太忽然又发表对于姚姓的憎恨，末了说道：

"阿三那小东西，也不是好货，将来总要流落到拱辰桥去做婊子的。"

我不很明白做婊子这些是什么事情，但当时听了心里想道：

"她如果真是流落做了，我必定去救她出来。"

大半年的光阴这样的消费过了。到了七八月里因为母亲生病，我便离开杭州回家去了。一个月以后，阮升告假回去，顺便到我家里，说起花牌楼的事情，说道：

"杨家的三姑娘患霍乱死了。"

我那时也很觉得不快，想象她的悲惨的死相，但同时却又似乎很是安静，仿佛心里有一块大石头已经放下了。

给亡妇

朱自清 / 文

　　谦，日子真快，一眨眼你已经死了三个年头了。这三年里世事不知变化了多少回，但你未必注意这些个，我知道。你第一惦记的是你几个孩子，第二便轮着我。孩子和我平分你的世界，你在日如此；你死后若还有知，想来还如此的。告诉你，我夏天回家来着：迈儿长得结实极了，比我高一个头。闰儿父亲说是最乖，可是没有先前胖了。采芷和转子都好。五儿全家夸她长得好看；却在腿上生了湿疮，整天坐在竹床上不能下来，看了怪可怜的。六儿，我怎么说好，你明白，你临终时也和母亲谈过，这孩子是只可以养着玩儿的，他左挨右挨去年春天，到底没有挨过去。这孩子生了几个月，你的肺病就重起来了。我劝你少亲近他，只监督着老妈子照管就行。你总是忍不住，一会儿提，一会儿抱的。可是你病中为他操的那一份儿心也够瞧的。那一个夏天他病的时候多，你成天儿忙着，汤呀，药呀，冷呀，暖呀，连觉也没有好好儿睡过。哪里有一分一毫想着你自己。瞧着他硬朗点儿你就乐，干枯的笑容在黄蜡般的脸上，我只有暗中叹气而已。

从来想不到做母亲的要像你这样。从迈儿起，你总是自己喂乳，一连四个都这样。你起初不知道按钟点儿喂，后来知道了，却又弄不惯；孩子们每夜里几次将你哭醒了，特别是闷热的夏季。我瞧你的觉老没睡足。白天里还得做菜，照料孩子，很少得空儿。你的身子本来坏，四个孩子就累你七八年。到了第五个，你自己实在不成了，又没乳，只好自己喂奶粉，另雇老妈子专管她。但孩子跟老妈子睡，你就没有放过心；夜里一听见哭，就竖起耳朵听，工夫一大就得过去看。十六年初，和你到北京来，将迈儿、转子留在家里；三年多还不能去接他们，可真把你惦记苦了。你并不常提，我却明白。你后来说你的病就是惦记出来的；那个自然也有份儿，不过大半还是养育孩子累的。你的短短的十二年结婚生活，有十一年耗费在孩子们身上；而你一点不厌倦，有多少力量用多少，一直到自己毁灭为止。你对孩子一般儿爱，不问男的女的，大的小的。也不想到什么"养儿防老，积谷防饥"，只拼命的爱去。你对于教育老实说有些外行，孩子们只要吃得好玩得好就成了。这也难怪你，你自己便是这样长大的。况且孩子们原都还小，吃和玩本来也要紧的。你病重的时候最放不下的还是孩子们原都还小，吃和玩本来也要紧的。你病重的时候最放不下的还是孩子。病得只剩皮包着骨头了，总不信自己不会好；老说："我死了，这一大群孩子可苦了。"后来说送你回家，你想着可以看见迈儿和转子，也愿意；你万想不到会一走不返的。我送车的时候，你忍不住哭了，说："还不知能不能再见？"可怜，你的心我知道，你满想着好好儿带着六个孩子回来见我的。谦，你那时一定这样想，一定的。

除了孩子，你心里只有我。不错，那时你父亲还在；可是你母亲死了，他另有个女人，你老早就觉得隔了一层似的。出嫁后第一年你虽还一心一意依恋着他老人家，到第二年上我和孩子可就将你的心占住，你再没有多少工夫惦记他了。你还记得第一年我在北京，你在家里。家里来信说你待不住，常回娘家去。我动气了，马上写信责备你。你教人写了一封复信，说家里有事，不能不回去。这是你第一次也可以说第末次的抗议，我从此就没给你写信。暑假时带了一肚子主意回去，但见了面，看你一脸笑，也就拉倒了。打这时候起，你渐渐从你父亲的怀里跑到我这儿。你换了金镯子帮助我的学费，叫我以后还你；但直到你死，我没有还你。你在我家受了许多气，又因为我家的缘故受你家里的气，你都忍着。这全为的是我，我知道。那回我从家乡一个中学半途辞职出走。家里人讽你也走。哪里走！只得硬着头皮往你家去。那时你家像个冰窖子，你们在窖里足足住了三个月。好容易我才将你们领出来了，一同上外省去。小家庭这样组织起来了。你虽不是什么阔小姐，可也是自小娇生惯养的，做起主妇来，什么都得干一两手；你居然做下去了，而且高高兴兴地做下去了。菜照例满是你做，可是吃的都是我们；你至多夹上两三筷子就算了。你的菜做得不坏，有一位老在行大大地夸奖过你。你洗衣服也不错，夏天我的绸大褂大概总是你亲自动手。你在家老不乐意闲着；坐前几个"月子"，老是四五天就起床，说是躺着家里事没条没理的。其实你起来也还不是没条理；咱们家那么多孩子，哪儿来条理？在浙江住的时候，逃过两回兵难，我都在北平。真亏你领着母亲和一群孩子东藏西躲的；末一回还要走多少里路，翻一道大岭。这两回差不多只靠你一个人。你不但带了母亲和孩子们，还带了我一箱箱的书；你知道我是最爱书的。在短短的十二年里，你操的心比人家一辈子还多；谦，你那样身子怎么经得住！你将我的责任一股脑儿担负了去，压死了你；我如何对得起你！

你为我的劳什子书也费了不少神；第一回让你父亲的男佣人从家乡捎到上海去。他说了几句闲话，你气得在你父亲面前哭了。第二回是带着逃难，别人都说你傻子。你有你的想头："没有书怎么教书？况且他又爱这个玩意儿。"其实你没有晓得，那些书丢了也并不可惜；不过教你怎么晓得，我平常从来没和你谈过这些个！总而言之，你的心是可感谢的。这十二年里你为我吃的苦真不少，可是没有过几天好日子。我们在一起住，算来也还不到五个年头。无论日子怎么坏，无论是离是合，你从来没对我发过脾气，连一句怨言也没有。——别说怨我，就是怨命也没有过。老实说，我的脾气可不大好，迁怒的事儿有的是。那些时候你往往抽噎着流眼泪，从不回嘴，也不号啕。不过我也只信得过你一个人，有些话我只和你一个人说，因为世界上只你一个人真关心我，真同情我。你不但为我吃苦，更为我分苦；我之有我现在的精神，大半是你给我培养着的。这些年来我很少生病。但我最不耐烦生病，生了病就呻吟不绝，闹那伺候病的人。你是领教过一回的，那回只一两点钟，可是也够麻烦了。你常生病，却总不开口，挣扎着起来；一来怕搅我，二来怕没人做你那份儿事。我有一个坏脾气，怕听人生病，也是真的。后来你天天发烧，自己还以为南方带来的疟疾，一直瞒着我。明明躺着，听见我的脚步，一骨碌就坐起来。我渐渐有些奇怪，让大夫一瞧，这可糟了，你的一个肺已烂了一个大窟窿了！大夫劝你到西山去静养，你丢不下孩子，又舍不得钱；劝你在家里躺着，你也丢不下那份儿家务。越看越不行了，这才送你回去。明知凶多吉少，想不到只一个月工夫你就完了！本来盼望还见得着你，这一来可拉倒了。你也何尝想到这个？父亲告诉我，你回家独住着一所小住宅，还嫌没有客厅，怕我回去不便哪。

　　前年夏天回家，上你坟上去了。你睡在祖父母的下首，想来还不孤单的。只是当年祖父母的坟太小了，你正睡在圹底下。这叫作"抗圹"，在生人看来是不安心的；等着想办法哪。那时圹上圹下密密地长着青草，朝露浸湿了我的布鞋。你刚埋了半年多，只有圹下多出一块土，别的全然看不出新坟的样子。我和隐今夏回去，本想到你的坟上来；因为她病了没来成。我们想告诉你，五个孩子都好，我们一定尽心教养他们，让他们对得起死了的母亲——你！谦，好好儿放心安睡吧，你。

志摩在回忆里

郁达夫 / 文

　　新诗传宇宙，竟尔乘风归去，同学同庚，老友如君先宿草。

　　华表托精灵，何当化鹤归来，一生一死，深闺有妇赋招魂。

　　这是我托杭州陈紫荷先生代作代写的一副挽志摩的挽联。陈先生当时问我和志摩的关系，我只说他是我自小的同学，又是同年，此外便是他这一回的很适合他身份的死。

　　做挽联我是不会做的，尤其是文言的对句。而陈先生也想了许多成句，如"高处不胜寒"，"犹是深闺梦里人"之类，但似乎都寻不出适当的上下对，所以只成了上举的一联。这挽联的好坏如何，我也不晓得，不过我觉得文句做得太好，对仗对得太工，是不大适合于哀婉的本意的。悲哀的最大表示，是自然的目瞪口呆，僵若木鸡的那一种样子，这我在小曼夫人当初次接到志摩的凶耗的时候曾经亲眼见到过。其次是抚棺的一哭，这我在万国殡仪馆中，当日来吊的许多志摩的亲友之间曾经看到过。至于哀挽诗词的工与不工，那却是次而又次的问题了；我不想说志摩是如何如何的伟大，我不想说他是如何如何的可爱，我也不想说我因他之死而感到怎么怎么的悲哀，我只想把在记忆里的志摩来重描一遍，因而再可以想见一次他那副凡见过他一面的人谁都不容易忘去的面貌与音容。

大约是在宣统二年(1910)的春季，我离开故乡的小市，去转入当时的杭府中学读书，——上一期似乎是在嘉兴府中读的，终因路远之故而转入了杭府——那时候府中的监督，记得是邵伯炯先生，寄宿舍是大方伯的图书馆对面。

当时的我，是初出茅庐的一个十四岁未满的乡下少年，突然间闯入了省府的中心，周围万事看起来都觉得新异怕人。所以在宿舍里，在课堂上，我只是诚惶诚恐，战战兢兢，同蜗牛似的蜷伏着，连头都不敢伸一伸出壳来。但是同我的这一种畏缩态度正相反的，在同一级同一宿舍里，却有两位奇人在跳跃活动。

一个是身体生得很小，而脸面却是很长，头也生得特别大的小孩子。我当时自己当然总也还是一个小孩子，然而看见了他，心里却老是在想："这顽皮小孩，样子真生得奇怪"，仿佛我自己已经是一个大孩似的。还有一个日夜和他在一块，最爱做种种淘气的把戏，为同学中间的爱戴集中点的，是一个身材长得相当的高大，面上也已经满示着成年的男子的表情，由我那时候的心里猜来，仿佛是年纪总该在三十岁以上的大人，——其实呢，他也不过和我们上下年纪而已。

他们俩，无论在课堂上或在宿舍里，总在交头接耳的密谈着，高笑着，跳来跳去，和这个那个闹闹，结果却终于会出其不意地做出一件很轻快很可笑很奇特的事情来吸引大家的注意的。

而尤其使我惊异的，是那个头大尾巴小，戴着金边近视眼镜的顽皮小孩，平时那样的不用功，那样的爱看小说——他平时拿在手里的总是一卷有光纸上印着石印细字的小本子——而考起来或作起文来却总是分数得最多的一个。

像这样的和他们同住了半年宿舍，除了有一次两次也上了他们一点小当之外，我和他们终究没有发生什么密切一点的关系；后来似乎我的宿舍也换了，除了在课堂上相聚在一块之外，见面的机会更加少了。年假之后第二年的春天，我不晓为了什么，突然离去了府中，改入了一个现在似乎也还没有关门的教会学校。从此之后，一别十余年，我和这两位奇人——一个小孩，一个大人——终于没有遇到的机会。虽则在异乡漂泊的途中，也时常想起当日的旧事，但是终因为周围环境的迁移激变，对这微风似的少年时候的回忆，也没有多大的留恋。

民国十三四年——一九二三、四年——之交，我混迹在北京的软红尘里；有一天风定日斜的午后，我忽而在石虎胡同的松坡图书馆里遇见了志摩。仔细一看，他的头，他的脸，还是同中学时候一样发育得分外的大，而那矮小的身材却不同了，非常之长大了，和他并立起来，简直要比我高一两寸的样子。

他的那种轻快磊落的态度，还是和孩时一样，不过因为历尽了欧美的游程之故，无形中已经锻炼成了一个长于社交的人了。笑起来的时候，可还是同十几年前的那个顽皮小孩一色无二。

从这年后，和他就时时往来，差不多每礼拜要见好几次面。他的善于座谈，敏于交际，长于吟诗的种种美德，自然而然地使他成了一个社交的中心。当时的文人学者，达官丽姝，以及中学时候的倒霉同学，不论长幼，不分贵贱，都在他的客座上可以得到。不管你是如何心神不快的时候，只教经他用了他那种浊中带清的洪亮的声音，"喂，老×，今天怎么样？什么什么怎么样了？"的一问，你就自然会把一切的心事丢开，被他的那种快乐的光耀同化了过去。

正在这前后，和他一次谈起了中学时候的事情，他却突然的呆了一呆，睁大了眼睛惊问我说：

"老李你还记得起记不起？他是死了哩！"

这所谓老李者，就是我在头上写过的那位顽皮大人，和他一道进中学的他的表哥哥。

其后他又去欧洲，去印度，交游之广，从中国的社交中心扩大而成为国际的。于是美丽宏博的诗句和清新绝俗的散文，也一年年的积多了起来。一九二七年的革命之后，北京变了北平，当时的许多中间阶级者就四散成了秋后的落叶。有些飞上了天去，成了要人，再也没有见到的机会了，有些也竟安然地在牖下到了黄泉；更有些，不死不生，仍复在歧路上徘徊着，苦闷着，而终于寻不到出路。是在这一种状态之下，有一天在上海的街头，我又忽而遇见志摩，

"喂，这几年来你躲在什么地方？"

兜头的一喝，听起来仍旧是他那一种洪亮快活的声气。在路上略谈了片刻，一同到了他的寓里坐了一会，他就拉我一道到了大赉公司的轮船码头。因为午前他刚接到了无线电报，诗人太果尔①回印度的船系定在午后五时左右靠岸，他是要上船去看看这老诗人的病状的。

当船还没有靠岸，岸上的人和船上的人还不能够交谈的时候，他在码头上的寒风里立着——这时候似乎已经是秋季了——静静地呆呆地对我说：

"诗人老去，又遭了新时代的摈斥，他老人家的悲哀，正是孔子的悲哀。"

因为太果尔这一回是新从美国日本去讲演回来，在日本在美

国都受了一部分新人的排斥，所以心里是不十分快活的；并且又因年老之故，在路上更染了一场重病。志摩对我说这几句话的时候，双眼呆看着远处，脸色变得青灰，声音也特别的低。我和志摩来往了这许多年，在他脸上看出悲哀的表情来的事情，这实在是最初也便是最后的一次。

从这一回之后，两人又同在北京的时候一样，时时来往了。可是一则因为我的疏懒无聊，二则因为他跑来跑去的教书忙，这一两年间，和他聚谈时候也并不多。今年的暑假后，他于去北平之先曾大宴了三日客。头一天喝酒的时候，我和董任坚先生都在那里。董先生也是当时杭府中学的旧同学之一，席间我们也曾谈到了当时的杭州。在他遇难之前，从北平飞回来的第二天晚上，我也偶然的，真真是偶然的，闯到了他的寓里。

那一天晚上，因为有许多朋友会聚在那里的缘故，谈谈说说，竟说到了十二点过。临走的时候，还约好了第二天晚上的后会才兹分散。但第二天我没有去，于是就永久失去了见他的机会了，因为他的灵柩到上海的时候是已经殓好了来的。

男人之中，有两种人最可以羡慕。一种是像高尔基一样，活到了六七十岁，而能写许多有声有色的回忆文的老寿星，其他的一种是如叶赛宁一样的光芒还没有吐尽的天才夭折者。前者可以写许多文学史上所不载的文坛起伏的经历，他个人就是一部纵的文学史。后者则可以要求每个同时代的文人都写一篇吊他哀他或评他骂他的文字，而成一部横的放大的文苑传。

现在志摩是死了，但是他的诗文是不死的，他的音容状貌可也是不死的，除非要等到认识他的人老老少少一个个都死完的时候为止。

附记：

上面的一篇回忆写完之后，我想想，想想，又在陈先生代做的挽联里加入了一点事实，缀成了下面的四十二字：

三卷新诗，廿年旧友，与君同是天涯，只为佳人难再得。

一声河满，九点齐烟，化鹤重归华表，应愁高处不胜寒。

遗文编就答君心——《志摩全集》编排经过

陆小曼 / 文

　　我想不到在"百花齐放"的今天，会有一朵已经死了二十余年的"死花"再度复活，从枯萎中又放出它以往的灿烂光辉，让人们重见到那朵一直在怀念中的旧花的风姿。这不仅是我意想不到的，恐怕有许多人也想不到的，所以我拿起笔来写这篇文章的时候，连我自己都不知自己心中是什么味儿，又是欢欣，又是愧恨。我高兴的是盼望了二十多年的事情，今天居然实现了。我首先要感谢共产党！若是没有毛主席提出了"百花齐放、百家争鸣"的方针，恐怕这朵被人们遗忘的异花，还是埋葬在泥土下呢！这些年来，每天缠绕在我心头的，只是这件事。几次重病中，我老是希望快点好——我要活，我只是希望未死前能再看到他的作品出版，可以永远地在世界上流传下去。这是他一生的心血、他的灵魂，决不能让它永远泯灭！我怀着这个愿望活着，每天在盼望它的复活。今天居然达到了我的目的，在极度欢欣与感慰下，没有任何一个字可以代表我内心的狂欢。可是在欢欣中我还忘不了愧恨，恨我没有能力使它早一点复活。我没有好好的尽职，这是我心上永远不能忘记的遗憾。

照理来说，他已经去世了整整二十六年了，他的书早就该出的了，怎会一直拖延到今天呢？说来话长。在他遇难后，我一直病倒在床上有一年多。在这个时间，昏昏沉沉，什么也没有想到。病好以后，赵家璧来同我商议出版全集的事，我当然是十分高兴，不过他的著作，除了已经出版的书籍，还有不少散留在各杂志及刊物上，需要到各方面去收集。这不是简单的事，幸而家璧帮助我收集，许多时候才算完全编好，一共是十本。当时我就与商务印书馆订了合同，一大包稿子全部交出。等到他们编排好，来信问我要不要自己校对的时候，我记得很清楚，抗战已经快要开始了。我又是卧病在床，他们接到我的回信后，就派人来同我接洽，我还是在病床上与他们接洽的吧！我答应病起后立刻就去馆看排样。可是没有几天，我在床上就听得炮弹在我的房顶上飞来飞去。"八•一三"战争在上海开始了。

我那时倒不怕头上飞过的炮弹，我只是怕志摩的全集会不会因此而停止出版。那时上海的人们都是在极度紧张的情况下，一天天的过去，我又是在床一病仨月多不能起身，我也只能干着急，一点办法也没有。一直到我病好，中国军队已从上海撤退。再去"商务"问信，他们已经预备迁走，一切都在纷乱的状态下，也谈不到出版书的问题了。他们只是答应我，一有安定的地方是会出的。我怀着一颗沉重的心回到家里，前途一片渺茫，志摩的全集初度投入了厄运，我的心情也从此浸入了忧怨中。除了与病魔为伴，就是成天在烟云中过着暗灰色的生活。一年年过去，从此与"商务"失去了联系。

好容易八年的岁月终算度过，胜利来到，我又一度的兴奋，心想这回一定有希望了。我等到他们迁回时，怀着希望，跑到商务印书馆去询问，几次的奔跑，好容易寻到一个熟人，才知道他们当时匆匆忙忙撤退的时候是先到香港，再转重庆。在抗战时候，忙着出版抗战刊物，所以就没有想到志摩的书，现在虽然迁回，可是以前的稿子，有许多连他们自己人都不知道在什么地方。志摩的稿子，可能在香港，也可能在重庆，要查起来才能知道这一包稿子是否还存在。八九年来所盼望的只是得到这样一个回答，我走出"商务"的门口，连方向都摸不清楚了，自己要走到什么地方去都不知道了；我说不出当时的情绪，我不知道想什么好！我怨谁？我恨谁？我简直没有法子形容我那时的心情，我向谁去诉我心中的怨愤？在绝望中，我只好再存一线希望——就是希望将来还是能够找到他的原稿，因为若是全部遗失，我是再没有办法来收集了，因为我家里已经什么也没有了。

那时我心里只是怕，怕他的作品从此全部遗失，可是我又有什么办法呢？除了多次的催问，那些办事的人又是那样不负责任，你推我，我推你，有时我简直气得要发疯，恨不得打人。最后我知道朱经农当了"商务"的经理，我就去找他，他是志摩的老朋友。总算他尽了力，不久就给我一封信，说现在已经查出来，志摩的稿子并没有遗失，还在香港，他一定设法在短时期内去找回来。这一下我总算稍微得到一点安慰，事情还是有希望的，不过这时已经是胜利后的第三年了。我三年奔走的结果，算是得到了一个确定的答复。这时候，除了耐心的等待，只有再等待，催问也是没有用的，所以我平心静气的坐在家里老等——等——等。一月一月的过去还是没有消息，我也不知道为什么这样的慢，我急在心里；他们慢，我又能有什么办法？

一九五〇年我又大病一场，在床上整整睡了一年多。在病中，我常常想起志摩生前为新诗创作所费的心血，为了新文艺奋斗的努力，（他）有时一直写到深夜，绞尽脑汁，要是得到一两句好的新诗，就高兴得像小孩子一样的立刻拿来我看，娓娓不倦地讲给我听，这种情形一幕幕地在我眼前飞舞，而现在他的全部精灵蓄积的稿子都不见了，恐怕从此以后，这世界不会再有他的作品出现了。想到这些，更增加我的病情，我消极到没法自解，可以说，从此变成了一个傻瓜，什么思想也没有了。

呆头木脑的一直到一九五四年春天，在一片黑沉沉的云雾里又闪出了一缕光亮。我忽然接到北京"商务"来的一封信，说志摩全集稿子已经寻到了，因为不合时代性，所以暂时不能出版，只好同我取消合同，稿子可以送还我。这意想不到的收获使我高兴得一句话也说不出，心里不断地念着："还是共产党好！""还是共产党好！"我这一份感谢的诚意是衷心激发出来的。回想在抗战胜利后的四年中，我奔来奔去，费了许多力也没有得到一个答复，而现在不费一点力，就得到了全部的稿子同版型，只有共产党领导，事情才能办得这样认真。我知道，只要稿子还在，慢慢地一定会有出版机会。我相信共产党不会埋没任何一种有代表性的文艺作品的。一定还有希望的，这一回一定不会让我再失望的，我就再等待吧！

果然，今天我得到了诗选出版的消息！不但使我狂喜，志摩的灵魂一定更感快慰，从此他可以安心的长眠于地下了。诗集能出版，慢慢地散文、小说等，一定也可以一本本的出版了。本来嘛，像他那样的艺术结晶品是决不会永远被忽视的，只有时间的迟早而已。他的诗，可以说，很早就有了一种独特的风格，每一首诗里都含有活的灵感。他是一直在大自然里寻找他的理想的，他的本人就是一片天真浑厚，所以他写的时候也是拿他的理想美景放在诗里，因此他的诗句往往有一种天然韵味。有人说他擅写抒情诗，是的，那时他还年轻，从国外回来的时候，他是一直在寻求他理想的爱情，在失败时就写下了许多如怨如诉的诗篇；成功时又凑了些活泼天真、满纸愉快的新鲜句子，所以显得有不同的情调。

　　说起来，志摩真是一个不大幸运的青年，自从我认识他之后，我就没有看到他真正的快乐过多少时候。那时他不满现实，他也是一个爱国的青年，可是看到周围种种黑暗的情况（在他许多散文中可以看到他当时的性情），他就一切不问不闻，专心致志在爱情里面，他想在恋爱中寻找真正的快乐。说起来也怪惨的，他所寻找了许多时候的"理想的快乐"，也只不过像昙花一现，在短短的一个时期中就消灭了。这是时代和环境所造成的，我同他遭受了同样的命运。我们的理想快乐生活也只是在婚后实现了一个很短的时期，其间的因素，他从来不谈，我也从来不说，只有我们二人互相了解，其余是没有人能明白的。我记得很清楚，有时他在十分烦闷的情况下，常常同我谈起中外的成名诗人的遭遇。他认为诗人中间很少寻得出一个圆满快乐的人，有的甚至于一生不得志。他平生最崇拜英国的雪莱，尤其奇怪的是他一天到晚羡慕他覆舟的死况。他说："我希望我将来能得到他那样刹那的解脱，让后世人谈起就寄予无限的同情与悲悯。"他的这种议论无形中给我一种对飞机的恐惧心，所以我一直不许他坐飞机，谁知道他终于还是瞒了我愉快地去坐飞机而丧失了生命。这真是一件不可思议的事。

今天的新诗坛又繁荣起来了，不由我又怀念志摩，他若是看到这种情形，不知道要快活得怎样呢！我相信他如果活到现在，一定又能创造一个新的风格来配合时代的需要，他一定又能大量的产生新作品。他的死不能不说是诗坛的大损失，这种遗憾是永远没法弥补的了。想起就痛心，所以在他死后我就一直没有开心过，新诗我也不看，好像在他死后有一个时期新诗的光芒也随着他的死减灭了许多似的。也许是我不留心外面的情形，可是，至少在我心里，新诗好像是随着志摩走了。一直到最近《诗刊》第一期□，我才知道近年来新诗十分繁荣，我细细的一首一句的拜读，我认识了许多新人，新的创作、新的□□。我真是太高兴了！志摩生前就无时无刻不为新诗的发展努力，他每次见到人家拿了一首新诗给他看，他总是喜气气的鼓励人家，请求人家多写，他恨不能每个人都跟着他写。他还老在我耳边烦不清楚，叫我写诗，他说："你做了个诗人的太太而不会写诗多笑话。"可是我是个笨货，老学不会。为此他还常生气，说我有意不肯好好的学。那时我若是知道他要早死，我也一定好好地学习，到今天我也许可以变为一个女诗人了。可是现在太晚了，后悔又有什么用呢？

追忆曾孟朴先生

胡适 / 文

　　我在上海做学生的时代，正是东亚病夫的《孽海花》在《小说林》上陆续刊登的时候，我的哥哥绍之曾对我说这位作者就是曾孟朴先生。

　　隔了近二十年，我才有认识曾先生的机会，我那时在上海住家，曾先生正在发愿努力翻译法国文学大家嚣俄①的戏剧全集。我们见面的次数很少，但他的谦逊虚心，他的奖掖的热心，他的勤奋工作都使我永永不能忘记。

　　我在民国六年七年之间，曾在《新青年》上和钱玄同先生通讯讨论中国新旧的小说，在那些讨论里我们当然提到《孽海花》，但我曾很老实的批评《孽海花》的短处。十年后我见着曾孟朴先生，他从不曾向我辩护此书，也不曾因此减少他待我的好意。

　　他对我的好意，和他对于我的文学革命主张的热烈的同情，

---

① 　指法国文学家维克多·雨果。——编者注

都曾使我十分感动，他给我的信里曾有这样的话："您本是……国故田园里培养成熟的强苗，在根本上，环境上，看透了文学有改革的必要，独能不顾一切，在遗传的重重罗网里杀出一条血路来，终究得到了多数的同情，引起了青年的狂热。我不佩服你别的，我只佩服你当初这种勇决的精神，比着托尔斯泰弃爵放农身殉主义的精神，有何多让！"这样热烈的同情，从一位自称"时代消磨了色彩的老文人"坦白的表述出来，如何能不使我又感动又感谢呢！

我们知道他这样的热情一部分是因为他要鼓励一个年轻的后辈，大部分是因为他自己也曾发过"文学狂"，也曾发下宏愿要把外国文学的重要作品翻译成中国文，也曾有过"扩大我们文学的旧领域"的雄心。正因为他自己是一个梦想改革中国文学的老文人，所以他对于我们一班少年人都抱着热烈的同情，存着绝大的期望。

我最感谢的一件事是我们的短短交谊居然引起了他写给我的那封六千字的自叙传的长信（《胡适文存三集》，页一一二五至一一三八）。在那信里，他叙述他自己从光绪乙未（1895）开始学法文，到戊戌（1898）认识了陈季同将军，方才知道西洋文学的源流派别和重要作家的杰作。后来他开办了小说林和宏文馆书店，——我那时候每次走过棋盘街，总感觉这个书店的双名有点奇怪，——他告诉我们，他的原意是要"先就小说上做成个有系统的译述，逐渐推广范围，所以店名定了两个"。他又告诉我们，他曾劝林琴南先生用白话翻译外国的"重要名作"，但林先生听不懂他的劝告，他说："我在畏卢先生（林纾）身上不能满足我的希望后，从此便不愿和人再谈文学了。"他对于我们的文学革命论十分同情，正是因为我们的主张是比较能够"满足他的希望"的。

但是他的冷眼观察使他对于那个开创时期的新文学"总觉得不十分满足"，他说："我们在这新辟的文艺之园里巡游了一周，敢说一句话：精致的作品是发现了，只缺少了伟大。"这真是他的老眼无花，一针见血！他指出中国新文艺所以缺乏伟大，不外两个原因：一是懒惰，一是欲速。因为懒惰，所以多数少年作家只肯做那些"用力少而成功易"的小品文和短篇小说。因为欲速，所以他们"一开手便轻蔑了翻译，全力提倡创作"。他很严厉的对我们说："现在要完成新文学的事业，非力防这两样毛病不可，欲除这两样毛病，非注重翻译不可。"他自己创办真美善书店，用意只是要替中国新文艺补偏救弊，要替它医病，要我们少年人看看他老人家的榜样，不可轻蔑翻译事业，应该努力"把世界已造成的作品，做培养我们创造的源泉"。

我们今日追悼这一位中国新文坛的老先觉，不要忘了他留给我们的遗训！

第四章

千种繁华，不抵岁月流年

陶然亭的雪

俞平伯 / 文

小引

　　悄然的北风，黯然的同云，炉火不温了，灯还没有上呢。这又是一年的冬天。在海滨草草营巢，暂止飘零的我，似乎不必再学黄叶们故意沙沙的作成那繁响了。老实说，近来时序的迁流，无非逼我换了几回衣裳；把夹衣叠起，把棉衣抖开，这就是秋尽冬来的惟一大事。至于秋之为秋，冬之为冬，我之为我，一切之为一切，固依然自若，并无可叹可悲可怜可喜的意味，而且连那些意味的残痕也觉无从觅哩。千条万派活跃的流泉似全然消释于无何有之乡土，剩下"漠然"这么一味来相伴了。看看窗外酿雪的同云，倒活画出我那潦倒的影儿一个。像这样暗哑无声的蠢然一物，除血脉呼吸的轻颤以外，安息在冬天的晚上，真真再好没有了。有人说，这不是静止——静止是没有的——是均衡的动，如两匹马以同速同向去跑着，即不异于比肩站着的石马。但这些问题虽另有人耐烦去想，而我则岂其人呢。所以于我顶顶合式，莫如学那冬晚的停云。（你听见它说过话吗？）无如编辑《星海》的朋友们逼我饶舌。我将怎样呢？——有了！在"悄然的北风，黯然的同云，炉火不温了，灯还没有上呢"这个光景下，令我追忆昔年北京陶然亭之雪。

　　我虽生长于江南，而自曾北去以后，对于第二故乡的北京也真不能无所恋恋了。尤其是在那样一个冬晚，有银花纸糊裱的顶棚和新衣裳一样的纸窗，一半已烬一半还红着，可以照人须眉的泥炉火，还有墙外边三两声的担子吆喝。因房这样矮而洁，窗这样低而明，越显出天上的同云格外的沉凝欲堕，酿雪的意思格外浓鲜而成熟了。我房中照例上灯独迟些，对面或侧面的火光常浅浅耀在我的窗纸上，似比月色还多了些静穆，还多了些凄清。当我听见廓落的院子里有脚步声，一会儿必要跟着"砰"关风门了，或者"搭"下帘子了。我便料到必有寒紧的风在走道的人颈傍拂着，所以他要那样匆匆的走。如此，类乎此的黯淡的寒姿，在我忆中至少可以匹敌江南春与秋的姝丽了，至少也可以使惯住江南的朋友们了解一点名说苦寒的北方，也有足以系人思念的冬之黄昏啊。有人说，"这岂不将钩惹我们的迟暮之感？"真的！——可是，咱们谁又是专喝蜜水的人呢。

总是冬天罢，（谁要你说？）年月日是忘怀了。读者们想决不屑介意于此琐琐的，所以忘怀倒也没要紧。那天是雪后的下午。我其时住在东华门侧一条曲折的小胡同里，而G君所居更偏东一些。我们雇了两辆"胶皮"，向着陶然亭去，但车只雇到前门外大外郎营。（从东城至陶然亭路很远，冒雪雇车很不便。）车轮咯咯吱吱的切碾着白雪，留下凹纹的平行线，我们遂由南池子而天安门东，渐逼近车马纷填，兀然在目的前门了。街衢上已是一半儿泥泞，一半儿雪了。幸而北风还时时吹下一阵雪珠，蒙络那一切，正如疏朗冥濛的银雾。亦幸而雪在北京，似乎是白面捏的，又似乎是白泥塑的。（往往到初春时，人家庭院里还堆着与土同色的雪，结果是成筐的挑了出去完事。）若移在江南，檐漏的滴搭，不终朝而消尽了。

　　言归正传。我们下了车，踏着雪，穿粉房琉璃街而南，眩眼的雪光愈白，栉比的人家渐寥落了。不久就远远望见清旷莹明的原野，这正是在城圈里耽腻了的我们所期待的。累累的荒冢，白着头的，地名叫做窑台。我不禁联想那"会向瑶台月下逢"的所谓瑶台。这本是比拟不伦，但我总不住的那么想。

　　那时江亭之北似尚未有通衢。我们踯躅于白蓑衣广覆着的田野之间，望望这里，望望那里，都很像江亭似的。商量着，偏西南方较高大的屋，或者就是了。但为什么不见一个亭子呢？藏在里边罢？

　　到拾级而登时，已确信所测不误了。然踏穿了内外竟不见有什么亭子。幸而上面挂着的一方匾；否则那天到的是不是陶然亭，若至今还是疑问，岂非是个笑话。江亭无亭，这样的名实乖违，总使我们怅然若失。我来时是这样预期的，一座四望极目的危亭，无碍无遮，在雪海中沐浴而嬉，宛如回旋的灯塔在银涛万沸之中，浅礁之上，亭亭矗立一般。而今竟只见拙钝的几间老屋，为城圈之中以习见而不一见的，则已往的名流觞咏，想起来真不免黯然寡色了。

　　然其时雪又纷纷扬扬而下来，跳舞在灰空里的雪羽，任意地飞集到我们的粗呢氅衣上。趁它们未及融为明珠的时候，我即用手那么一拍，大半掉在地上，小半已渗进衣襟去。"下马先寻题壁字"，来来回回的循墙而走，咱们也大有古人之风呢。看看咱们能拾得什么？至少也当有如"白丁香折玉亭亭"一样的句子被传诵着罢。然而竟终于不见！可证"一蟹不如一蟹"这句老话真是有一点意思的。后来幸而觅得略可解嘲的断句，所谓"卅年戎马尽秋尘"者，从此就在咱们嘴里咕噜着了。

　　在曲折廓落的游廊间，当北风卷雪渺无片响的时分，忽近处递来琅琅的书声。谛听，分明得很，是小孩子的。它对于我们十分亲密，因为和从前我们在书屋里所唱出的正是一个样子的。这尽可以使我重温热久未曾尝的儿时的甜酒，使我俯拾眠歌声里的温馨梦痕，并可以减轻北风的尖冷，抚慰素雪的飘零。换一句干脆点的话，就是在清冷双绝的况味中，它恰好给喝了一点热热酽酽的东西，使一切已凝的，一切凝着的，一切将凝的，都软洋洋着腰肢不自支持了。

书声还正琅琅然呢。我们寻诗的闲趣被窥人的热念给岔开了。从回廊下趸过去，两明一暗的三间屋，玻璃窗上帷子亦未下。天色其时尚未近黄昏，惟云天密吻，酿雪意的浓酣，阡陌明胸，积雪痕的寒皎，似乎全与迟暮合缘；催着黄昏快些来罢。至屋内的陈设，人物的须眉，已尽随年月日时的迁移，送进茫茫昧昧的乡土，在此也只好从缺。几个较鲜明的印象，尚可片片掇拾以告诸君的，是厚的棉门帘一个；肥短的旱烟袋一支；老黄色的《孟子》一册，上有银朱圈点，正翻到《离娄》篇首；照例还有白灰泥炉一个，高高的火苗蹿着；以外……"算了罢，你不要在这儿写账哟！"

游览必终之以大嚼，是我们的惯例，这里边好像有鬼催着似的。我曾和我姊姊说过："咱们以后不用说逛什么地方，老实说吃什么地方好了。"她虽付之一笑，却不斥我为胡闹，可见中非无故了。我且曾以之问过吾师。吾师说得尤妙，"好吃是文人的天性"，这更令我不便追问下去。因为既曰天性，已是第一因了。

还要求它的因，似乎不很知趣。如理化学家说到电子，心理学家说到本能，生机哲学者说到什么"隐得而希"……

闲言少表。天性既不许有例外，谈到白雪，自然会归到一条条的白面上去。不过这种说法是很辱没胜地的，且有点文不对题。所以在江亭中吃的素面，只好割爱不谈。我只记得青汪汪的一炉火，温煦最先散在人的双颊上。那户外的尖风呜呜的独自去响，倚着北窗，恰好鸟瞰那南郊的旷莽积雪。玻璃上偶沾了几片鹅毛碎雪，更显得它的莹明不滓。雪固白得可爱，但它干净得尤好。酿雪的云，融雪的泥，各有各的意思；但总不如一半留着的雪痕，一半飘着的雪花，上上下下，迷眩难分的尤为美满。脚步声听不到，门帘也不动，屋里没有第三个人。我们手都插在衣袋里，悄对着那排向北的窗。窗外的几方妙绝的素雪装成的册页。累累的坟，弯弯的路，枝枝的树，高高低低的屋顶，都秃着白头，耸着白肩膀，危立在卷雪的北风之中。上边不见一只鸟儿展着翅，下边不见一条虫儿蠢然的动（或者要归功于我的近视眼），不用提路上的行人，更不用提马足车尘了。惟有背后已热的瓶笙吱吱的响，是为静之独一异品；然依昔人所谓"蝉噪林逾静"的静这种诠释，它虽努力思与岑寂绝缘终久是失败的哟。死样的寂每每促生胎动的潜能，惟万寂之中留下一分两分的喧哗，使就烬的赤灰不致以内炎而重生烟焰；故未全枯寂的外缘正能孕育着止水一泓似的心境。这也无烦高谈妙谛，只当咱们清眠不熟的时光便可以稍稍体验这番悬谈了。闲闲的意想，乍生乍灭，如行云流水一般的不关痛痒，比强制吾心，一念不着的滋味如何？这想必有人能辨别的。

炉火使我们的颊热，素面使我们的胃饱，飘零的暮雪使我们的心越过越黯淡。我们到底不得不出于一走，到底不得不面迎着雪，脚踹着雪，齐向北快快的走。离亭数十步外有一土坡，上开着一家油厂；厂右有小小的断坟并立。从坟头的小碣，知道一个葬的是鹦鹉；一个名为香冢，想又是美人黄土那类把戏了。只是一件，油厂有狗，喜拦门乱吠。G君是怕狗的；因怕它咬，并怕那未必就吠的狗。而我又是怯登土坡的，雪覆着的坡子滑滑的难走，更有点望之生畏。故我们商量商量，还是别去为妙。

我们绕坡北去时，G君抬头而望（我记得其时狗没有吠）对我说，来年春归时，种些红杜鹃花在上面。我点点头。路上还商量着买杜鹃花的价钱。……现在呢，然而现在呢？我惆怅着夙愿的虚设。区区的愿原不妨辜负；然区区的愿亦未免辜负，则以外的岂不又可知了。——北京冬间早又见了三两寸的雪，而上海至今只是黯然的同云，说是酿雪，说是酿雪，而终于不来。这令我由不得追忆那年江亭玩雪的故事。

冬天

朱自清 / 文

　　说起冬天，忽然想到豆腐。是一"小洋锅"（铝锅）白煮豆腐，热腾腾的。水滚着，像好些鱼眼睛，一小块一小块豆腐养在里面，嫩而滑，仿佛反穿的白狐大衣。锅在"洋炉子"（煤油不打气炉）上，和炉子都熏得乌黑乌黑，越显出豆腐的白。这是晚上，屋子老了，虽点着"洋灯"，也还是阴暗。围着桌子坐的是父亲跟我们哥儿三个。"洋炉子"太高了，父亲得常常站起来，微微地仰着脸，觑着眼睛，从氤氲的热气里伸进筷子，夹起豆腐，一一地放在我们的酱油碟里。我们有时也自己动手，但炉子实在太高了，总还是坐享其成的多。这并不是吃饭，只是玩儿。父亲说晚上冷，吃了大家暖和些。我们都喜欢这种白水豆腐；一上桌就眼巴巴望着那锅，等着那热气，等着热气里从父亲筷子上掉下来的豆腐。

　　又是冬天，记得是阴历十一月十六晚上，跟S君P君在西湖里坐小划子。S君刚到杭州教书，事先来信说："我们要游西湖，不管它是冬天。"那晚月色真好，现在想起来还像照在身上。本来前一晚是"月当头"；也许十一月的月亮真有些特别吧。那时九点多了，湖上似乎只有我们一只划子。有点风，月光照着软软的水波；当间那一溜儿反光，像新砑的银子。湖上的山只剩了淡淡的影子。山下偶尔有一两星灯火。S君口占两句诗道："数星灯火认渔村，淡墨轻描远黛痕。"我们都不大说话，只有均匀的桨声。我渐渐地快睡着了。P君"喂"了一下，才抬起眼皮，看见他在微笑。船夫问要不要上净寺去；是阿弥陀佛生日，那边蛮热闹的。到了寺里，殿上灯烛辉煌，满是佛婆念佛的声音，好像醒了一场梦。这已是十多年前的事了，S君还常常通着信，P君听说转变了好几次，前年是在一个特税局里收特税了，以后便没有消息。

在台州过了一个冬天，一家四口子。台州是个山城，可以说在一个大谷里。只有一条二里长的大街。别的路上白天简直不大见人；晚上一片漆黑。偶尔人家窗户里透出一点灯光，还有走路的拿着的火把；但那是少极了。我们住在山脚下。有的是山上松林里的风声，跟天上一只两只的鸟影。夏末到那里，春初便走，却好像老在过着冬天似的；可是即便真冬天也并不冷。我们住在楼上，书房临着大路；路上有人说话，可以清清楚楚地听见。但因为走路的人太少了，间或有点说话的声音，听起来还只当远风送来的，想不到就在窗外。我们是外路人，除上学校去之外，常只在家里坐着。妻也惯了那寂寞，只和我们爷儿们守着。外边虽老是冬天，家里却老是春天。有一回我上街去，回来的时候，楼下厨房的大方窗开着，并排地挨着她们母子三个；三张脸都带着天真微笑地向着我。似乎台州空空的，只有我们四人；天地空空的，也只有我们四人。那时是民国十年，妻刚从家里出来，满自在。现在她死了快四年了，我却还老记着她那微笑的影子。

无论怎么冷，大风大雪，想到这些，我心上总是温暖的。

泰山日出

徐志摩 / 文

　　我们在泰山顶上看出太阳。在航过海的人，看太阳从地平线下爬上来，本不是奇事；而且我个人是曾饱饮过红海与印度洋无比的日彩的。但在高山顶上看日出，尤其在泰山顶上，我们无餍的好奇心，当然盼望一种特异的境界，与平原或海上不同的。果然，我们初起时，天还暗沉沉的，西方是一片的铁青，东方些微有些白意，宇宙只是——如用旧词形容——一体莽莽苍苍的。但这是我一面感觉劲烈的晓寒，一面睡眼不曾十分醒豁时约略的印象。等到留心回览时，我不由得大声的狂叫——因为眼前只是一个见所未见的境界。原来昨夜整夜暴风的工程，却砌成一座普遍的云海。除了日观峰与我们所在的玉皇顶以外，东西南北只是平铺着弥漫的云气。在朝旭未露前，宛似无量数厚毳长绒的绵羊，交颈接背的眠着，卷耳与弯角都依稀辨认得出。那时候在这茫茫的云海中，我独自站在雾霭溟濛的小岛上，发生了奇异的幻想——

　　我躯体无限的长大，脚下的山峦比例我的身量，只是一块拳石；这巨人披着散发，长发在风里像一面黑色的大旗，飒飒地在飘荡。这巨人竖立在大地的顶尖上，仰面向着东方，平拓着一双长臂，在盼望，在迎接，在催促，在默默的叫唤；在崇拜，在祈祷，在流泪——在流久慕未见而将见悲喜交互的热泪……

　　这泪不是空流的，这默祷不是不生显应的。

　　巨人的手，指向着东方——

　　东方有的，在展露的，是什么？

　　东方有的是瑰丽荣华的色彩，东方有的是伟大普照的光明——出现了，到了，在这里了……

　　玫瑰汁，葡萄浆，紫荆液，玛瑙精，霜枫叶——大量的染工，在层累的云底工作，无数蜿蜒的鱼龙，爬进了苍白色的云堆。

　　一方的异彩，揭去了满天的睡意，唤醒了四隅的明霞——光明的神驹，在热奋地驰骋……

　　云海也活了；眠熟了兽形的涛澜，又回复了伟大的呼啸，昂头摇尾的向着我们朝露染青馒形的小岛冲洗，激起了四岸的水沫浪花，震荡着这生命的浮礁，似在报告光明与欢欣之临在……

　　再看东方——海句力士已经扫荡了他的阻碍，雀屏似的金霞，从无垠的肩上产生，展开在大地的边沿。起……起……用力，用力。纯焰的圆颅，一探再探地跃出了地平，翻登了云背，临照在天空……

歌唱呀，赞美呀，这是东方之复活，这是光明的胜利……

散发祷祝的巨人，他的身彩横亘在无边的云海上，已经渐渐的消翳在普遍的欢欣里；现在他雄浑的颂美的歌声，也已在霞彩变幻中，普彻了四方八隅……

听呀，这普彻的欢声；看呀，这普照的光明！

江南的冬景

郁达夫 / 文

　　凡在北国过过冬天的人，总都知道围炉煮茗，或吃煊羊肉，剥花生米，饮白干的滋味。而有地炉、暖炕等设备的人家，不管它们外面是雪深几尺，或风大若雷，而躲在屋里过活的两三个月的生活，却是一年之中最有劲的一段蛰居异境；老年人不必说，就是顶喜欢活动的小孩子们，总也是个个在怀恋的，因为当这中间，有的是萝卜、雅儿梨等水果的闲食，还有大年夜、正月初一、元宵等热闹的节期。

　　但在江南，可又不同；冬至过后，大江以南的树叶，也不至于脱尽。寒风——西北风——间或吹来，至多也不过冷了一日两日。到得灰云扫尽，落叶满街，晨霜白得像黑女脸上的脂粉似的清早，太阳一上屋檐，鸟雀便又在吱叫，泥地里便又放出水蒸气来，老翁小孩就又可以上门前的隙地里去坐着曝背谈天，营屋外的生涯了；这一种江南的冬景，岂不也可爱得很吗？

我生长江南，儿时所受的江南冬日的印象，铭刻特深；虽则渐入中年，又爱上了晚秋，以为秋天正是读读书，写写字的人的最惠节季，但对于江南的冬景，总觉得是可以抵得过北方夏夜的一种特殊情调，说得摩登些，便是一种明朗的情调。

我也曾到过闽粤，在那里过冬天，和暖原极和暖，有时候到了阴历的年边，说不定还不得不拿出纱衫来着；走过野人的篱落，更还看得见许多杂七杂八的秋花！一番阵雨雷鸣过后，凉冷一点，至多也只好换上一件夹衣，在闽粤之间，皮袍棉袄是绝对用不着的；这一种极南的气候异状，并不是我所说的江南的冬景，只能叫它作南国的长春，是春或秋的延长。

江南的地质丰腴而润泽，所以含得住热气，养得住植物；因而长江一带，芦花可以到冬至而不败，红叶亦有时候会保持得三个月以上的生命。像钱塘江两岸的乌桕树，则红叶落后，还有雪白的桕子着在枝头，一点一丛，用照相机照将出来，可以乱梅花之真。草色顶多成了赭色，根边总带点绿意，非但野火烧不尽，就是寒风也吹不倒的。若遇到风和日暖的午后，你一个人肯上冬郊去走走，则青天碧落之下，你不但感不到岁时的肃杀，并且还可以饱觉着一种莫名其妙的含蓄在那里的生气；"若是冬天来了，春天也总马上会来"的诗人的名句，只有在江南的山野里，最容易体会得出。

说起了寒郊的散步，实在是江南的冬日，所给予江南居住者的一种特异的恩惠；在北方的冰天雪地里生长的人，是终他的一生，也绝不会有享受这一种清福的机会的。我不知道德国的冬天，比起我们江浙来如何，但从许多作家的喜欢以Spaziergang（散步）一字来做他们的创作题目的一点看来，大约是德国南部地方，四季的变迁，总也和我们的江南差仿不多。譬如说十九世纪的那位乡土诗人洛在格（Peter Rosegger, 1843—1918）吧，他用这一个"散步"做题目的文章尤其写得多，而所写的情形，却又是大半可以拿到中国江浙的山区地方来适用的。

　　江南河港交流，且又地滨大海，湖沼特多，故空气里时含水分；到得冬天，不时也会下着微雨，而这微雨寒村里的冬霖景象，又是一种说不出的悠闲境界。你试想想，秋收过后，河流边三五家人家会聚在一道的一个小村子里，门对长桥，窗临远阜，这中间又多是树枝槎桠的杂木树林；在这一幅冬日农村的图上，再洒上一层细得同粉也似的白雨，加上一层淡得几不成墨的背景，你说还够不够悠闲？若再要点些景致进去，则门前可以泊一只乌篷小船，茅屋里可以添几个喧哗的酒客，天垂暮了，还可以加一味红黄，在茅屋窗中画上一圈暗示着灯光的月晕。人到了这一个境界，自然会得胸襟洒脱起来，终至于得失俱亡，死生不问了；我们总该还记得唐朝那位诗人做的"暮雨潇潇江上村"的一首绝句吧？诗人到此，连对绿林豪客都客气起来了，这不是江南冬景的迷人又是什么？

一提到雨，也就必然地要想到雪；"晚来天欲雪，能饮一杯无？"自然是江南日暮的雪景。"寒沙梅影路，微雪酒香村"，则雪月梅的冬宵三友，会合在一道，在调戏酒姑娘了。"柴门村犬吠，风雪夜归人"，是江南雪夜，更深人静后的景况。"前村深雪里，昨夜一枝开"，又到了第二天的早晨，和狗一样喜欢弄雪的村童来报告村景了。诗人的诗句，也许不尽是在江南所写，而做这几句诗的诗人，也许不尽是江南人，但假了这几句诗来描写江南的雪景，岂不直截了当，比我这一枝愚劣的笔所写的散文更美丽得多？

有几年，在江南也许会没有雨没有雪地过一个冬，到了春间阴历的正月底或二月初再冷一冷下一点春雪的；去年（一九三四）的冬天是如此，今年的冬天恐怕也不得不然，以节气推算起来，大约大冷的日子，将在一九三六年的二月尽头，最多也总不过是七八天的样子。像这样的冬天，乡下人叫作旱冬，对于麦的收成或者好些，但是人口却要受到损伤；旱得久了，白喉、流行性感冒等疾病自然容易上身，可是想恣意享受江南的冬景的人，在这一种冬天，倒只会得感到快活一点，因为晴和的日子多了，上郊外去闲步逍遥的机会自然也多；日本人叫作Hiking，德国人叫作Spaziergang狂者，所最欢迎的也就是这样的冬天。

　　窗外的天气晴朗得像晚秋一样；晴空的高爽，日光的洋溢，引诱得使你在房间里坐不住，空言不如实践，这一种无聊的杂文，我也不再想写下去了，还是拿起手杖，搁下纸笔，上湖上去散散步吧！

我过的端阳节

徐志摩 / 文

我方才从南口回来。天是真热，朝南的屋子里都到了九十度
（约三十二摄氏度）以上，两小时的火车竟如在火窖中受刑，坐
起一样的难受。我们今天一早在野鸟开唱以前就起身，不到六时
就骑骡出发，除了在永陵休息半小时以外，一直到下午一时余，
只是在高度的日光下赶路。我一到家，只觉得四肢的筋肉里像用
细麻绳扎紧似的难受，头里的血，像沸水似的急流，神经受了烈
性的压迫，仿佛无数烧红的铁条蛇盘似的绞紧在一起⋯⋯

一进阴凉的屋子，只觉得一阵眩晕从头顶直至踵底，不仅眼
前望不清楚，连身子也有些支持不住。我就向着最近的藤椅上
瘫了下去，两手按住急颤的前胸，紧闭着眼，纵容内心的混沌，
一片黯黄，一片茶青，一片墨绿，影片似的在倦绝的眼膜上扯
过⋯⋯

直到洗过了澡，神志方才回复清醒，身子也觉得异常的爽快，

我就想了……

人啊，你不自己惭愧吗？

野兽，自然的，强悍的，活泼的，美丽的，我只是羡慕你！

什么是文明人：只是腐败了的野兽！你若然拿住一个文明惯了的人类，剥了他的衣服装饰，夺了他作伪的工具——语言文字，把他赤裸裸的放在荒野里看看——多么"寒碜"的一个畜生呀！恐怕连长耳朵的小骡儿，都瞧他不起哪！

白天，狼虎放平在丛林里睡觉，他躲在树荫底下发痧；

晚上，清风在树林中演奏轻微的妙乐，鸟雀儿在巢里做好梦，他倒在一块石上发烧咳嗽——着了凉了！

也不等狼虎去商量他有限的皮肉，也不必小雀儿去嘲笑他的懦弱；单是他平常歌颂的艳阳与凉风，甘霖与朝露，已够他的受用：在几小时之内可使他脑子里消灭了金钱名誉经济主义等等的虚景，在一半天之内，可使他心窝里消灭了人生的情感悲乐种种的幻象，在三两天之内——如其那时还不曾受淘汰——可使他整个的超出了文明人的丑态，那时就叫他放下两只手来替脚平分走路的负担，他也不以为离奇，抵拚撕破皮肉爬上树去采果子吃，也不会感觉到体面的观念……

平常见了活泼可爱的野兽，就想起红烧野味之美，现在你失去了文明的保障，但求彼此平等待遇两不相犯，已是万分的侥幸……

文明只是个荒谬的状况；文明人只是个凄惨的现象……

我骑在骡上嚷累叫热，跟着哑巴的骡夫，比手势告诉我他整天的跑路，天还不算顶热，他一路很快活的不时采一朵野花，折一茎麦穗，笑他古怪的笑，唱他哑巴的歌；我们到了客寓喝冰汽水喘息，他路过一条小涧时，扑下去喝一个贴面饱，同行的有一位说："真的，他们这样的胡喝，就不会害病，真贱！"

回头上了头等车，坐在皮椅上嚷累叫热，又是一瓶两瓶的冰水，还怪嫌车里不安电扇；同时前面火车头里的司机的加煤的，在一百四五十度（约六十度至六十五摄氏度）的高温里笑他们的笑，谈他们的谈……

田里刈麦的农夫拱着棕黑色的裸背在做工，从清早起已经做了八九时的工，热烈的阳光在他们的皮上像在打出火星来似的，但他们却不曾嚷腰酸、叫头痛……

我们不敢否认人是万物之灵；我们却能断定人是万物之淫；什么是现代的文明；只是一个淫的现象。

淫的代价是活力之腐败与人道之丑化。

前面是什么？没有别的，只是一张黑沉沉的大口，在我们运定的道上张开等着，时候到了把我们整个的吞了下去完事！

秋林晚步

王统照 / 文

"枯桑叶易零，疲客心易惊！今兹亦何早，已闻络纬鸣。迥风灭且起，卷蓬息复征。……百物方萧瑟，坐叹从此生！"

中国文人以"秋"为肃杀凄凉的季节，所以天高日回，烟霏云敛的话，常常在诗文中可以读到。实在由一个丰缛的盛夏，转到深秋，便易觉到萧凄之感。登山临水，偶然看见清脱的峰峦，澄明的潭水，或者一只远飞的孤雁，一片堕地的红叶……这须臾中的间隔，便有"物谢岁微"，抚赏怨情的滋味，充满心头！因为那凋零的，扫落的，肃杀的，冷静的景物，自然的摇落，是凄零的声，灰淡的色，能够使你弹琴没有谐调，饮酒失却欢情。

"春"以花艳，"夏"以叶鲜，说到"秋"来，便不能不以林显了。花欲其娇丽，叶欲其密茂，而林则以疏，以落而愈显，茂林，密林，丛林，固然是令人有苍苍翳翳之感，然而究不如秃枯的林木，在那些曲径之旁，飞蓬之下，分外有诗意，有异感。疏枝，霜叶之上，有高苍而带有灰色面目的晴空，有络纬，蟋蟀及不知名的秋虫凄鸣在林下。或者是天寒荒野，或者是日暮清溪，在这种地方偶然经过，枫，松，白杨的挺立，朴疏小树的疲舞，加上一声两声的昏鸦，寒虫，你如果到那里，便自然易生凄寥的感动。常想人类的感觉难加以详密的分析；即有分析也不过是物质上的说明，难得将精神的分化说个详尽。从前见太侔与人信中说：心理学家多少年的苦心的发明，恒不抵文学家一语道破……所以像为时令及景物的变化，而能化及人的微妙的感觉，这非容易说明的。实感的精妙处，实非言语学问所能说得出，解得透。心与物的应感，时既不同，人人也不相似。"抚己忽自笑，沉吟为谁故？"即合起古今来的诗人，又哪一个能够说得毫无执碍呢？

还是向秋林下作一迟回的寻思吧。是在一抹的密云之后，露出淡赭色的峰峦，那里有陂陀的斜径，由萧疏的林中穿过。矫立的松柏，半落叶子的杉树，以及几行待髡的秋柳，……那乱石清流边，一个人儿独自在林下徘徊，天色是淡黄的，为落日斜映，现出凄迷朦胧的景象，不问便知是已近黄昏了。……这已近黄昏的秋林独步，像是一片凄清的音乐由空中流出。

"残阳已下，凉风东升，偶步疏林，落叶随风作响，如诉其不胜秋寒者！……"

这空中的画幅的作者，明明用诗的散文告诉我们秋林下的幽趣，与人的密感。远天下的鸣鸿，秋原上的枯草，正可与这秋林中的独行者相慰寂寞。

秋之凄戾，晚之默对，如果那是个易感的诗人，他的清泪当潸然滴上襟袖；如果他是个少年，对此疏林中的暝色，便又在冥茫之下生出惆怅的心思，在这时所有的生动，激愤，忧切，合成一个密点的网子，融化在这秋晚的憧憬的景物之中，拾不起的，剪不断的，丢不下的只有凄凄地微感；……这微感却正是诗人心中的灵明的火焰！它虽不能烧却野草，使之燎原，然而那无凭的，空虚的感动，已竟在暮色清寥中，将此奇秘的宇宙，融化成一个原始的中心。

一切精微感觉的迫压我们，只有"不胜"二字足以代表。若使完全容纳在心中，便无复洋溢有余的寻思：若使它隔得我们远远的，至多也不过如看风景画片值得一句赞叹。然而身在实感之中，又若"不胜"，于是他不能自禁，也不能想好法来安排了。落叶如"不胜"秋寒，而落叶林下的人儿，恐怕也觉得"不胜秋"了！况且那令人眷念怅寻的黄昏，又加上一层凋零的肃杀的意味呢！

真的，这一幅小小的绘画，将我的冥思引起。疏言画成赠我，又值此初秋，令人坐对着画儿，遥听着海边的落叶声，焉能不有一点莫能言说的惆怅！

春风

老舍 / 文

　　济南与青岛是多么不相同的地方呢！一个设若比作穿肥袖马褂的老先生，那一个便应当是摩登的少女。可是这两处不无相似之点。拿气候说吧，济南的夏天可以热死人，而青岛是有名的避暑所在；冬天，济南也比青岛冷。但是，两地的春秋颇有点相同。济南到春天多风，青岛也是这样；济南的秋天是长而晴美，青岛亦然。

　　对于秋天，我不知应爱哪里的：济南的秋是在山上，青岛的是海边。济南是抱在小山里的；到了秋天，小山上的草色在黄绿之间，松是绿的，别的树叶差不多都是红与黄的。就是那没树木的山上，也增多了颜色——日影、草色、石层，三者能配合出种种的条纹，种种的影色。配上那光暖的蓝空，我觉到一种舒适安全，只想在山坡上似睡非睡的躺着，躺到永远。青岛的山——虽然怪秀美——不能与海相抗，秋海的波还是春样的绿，可是被清凉的蓝空给开拓出老远，平日看不见的小岛清楚的点在帆外。这远到天边的绿水使我不愿思想而不得不思想；一种无目的的思虑，要思虑而心中反倒空虚了些。济南的秋给我安全之感，青岛的秋引起我甜美的悲哀。我不知应当爱哪个。

两地的春可都被风给吹毁了。所谓春风，似乎应当温柔，轻吻着柳枝，微微吹皱了水面，偷偷的传送花香，同情的轻轻掀起禽鸟的羽毛。济南与青岛的春风都太粗猛。济南的风每每在丁香海棠开花的时候把天刮黄，什么也看不见，连花都埋在黄暗中，青岛的风少一些沙土，可是狡猾，在已很暖的时节忽然来一阵或一天的冷风，把一切都送回冬天去，棉衣不敢脱，花儿不敢开，海边翻着愁浪。

两地的风都有时候整天整夜的刮。春夜的微风送来雁叫，使人似乎多些希望。整夜的大风，门响窗户动，使人不英雄的把头埋在被子里；即使无害，也似乎不应该如此。对于我，特别觉得难堪。我生在北方，听惯了风，可也最怕风。听是听惯了，因为听惯才知道那个难受劲儿。它老使我坐卧不安，心中游游摸摸的，干什么不好，不干什么也不好。它常常打断我的希望：听见风响，我懒得出门，觉得寒冷，心中渺茫。春天仿佛应当有生气，应当有花草，这样的野风几乎是不可原谅的！我倒不是个弱不禁风的人，虽然身体不很足壮。我能受苦，只是受不住风。别种的苦处，多少是在一个地方，多少有个原因，多少可以设法减除；对风是干没办法。总不在一个地方，到处随时使我的脑子晃动，像怒海上的船。它使我说不出为什么苦痛，而且没法子避免。它自由的刮，我死受着苦。我不能和风去讲理或吵架。单单在春天刮这样的风！可是跟谁讲理去呢？苏杭的春天应当没有这不得人心的风吧？我不准知道，而希望如此。好有个地方去"避风"呀！

第五章

乡愁，永远挣不断的风筝线

第二度的青春

梁遇春 / 文

　　人们到了相当年纪，大概不会再有春愁。就说偶然还涉遐思，也不好意思出口了。

　　乡愁，那是许多人所逃不了的。有些人天生一副怀乡病者的心境，天天惦念着他精神上的故乡。就是住在家乡里，仍然忽忽如有所失，像个海外飘零的客子。就说把他们送到乐园去，他们还是不胜惆怅，总是希冀企望着，想回到一个他所不知道的地方。这些人想像出许多虚幻的境界，那是宗教家的伊甸园，哲学家的伊比鸠鲁斯花园，诗人的 Elysium El Dorado Arcadia（指田园牧歌式的美妙地方），理想主义者的乌托邦，来慰藉他们彷徨的心灵；可是若使把他们放在他们所追求的天国里，他们也许又皱起眉头，拿着笔描写出另个理想世界了。思想无非是情感的具体表现，他们这些世外桃源只是他们不安心境的寄托。全是因为它们是不能实现的，所以才能够传达出他们这种没个为欢处的情怀；一旦不幸，理想变为事实，它们立刻就不配寄托。全是因为它们是不能实现的，所以才能够传达出他们这种没个为欢处的情怀；一旦不幸，理想变为事实，它们立刻就不配做他们这些情绪的象征了。说起来，真是可悲，然而也怪有趣。总之，这一班人大好年华都销磨于绻怀一个莫须有之乡，也从这里面得到他人所尝不到的无限乐趣。登楼远望云山外的云山，淌下的眼泪流到笑涡里去，这是他们的生活。吾友莫须有先生就是这么一个人，久不见他了，却常忆起他那泪痕里的微笑。

可是，人们到了相当年纪，免不了儿女累人，三更儿哭，可以搅你的清梦，一声爸爸，可以动你的心弦。烦恼自然多起来了，但是天下的乐趣都是烦恼带来的，烦恼使人不得不希望，希望却是一服包医百病的良方。做了只怕不愁，一生在艰苦的环境下面挣扎着，结果常是"穷"而不"愁"，所谓潦倒也就是麻木的意思。做人做到艳阳天气勾不起你的幽怨，故乡土物打不动你莼鲈之思，真是几乎无路可走了。还好有个父愁。虽然知道自己的一生是个失败，仿佛也看出天下无所谓的成功的事情，已猜透成功等于失败这个哑谜了，居然清瘦地站在宇宙之外，默然与世无涉了；可是对于自己孩子们总有个莫名其妙的希望，大有我们自己既然如是塌台，难道他们也会这样吗的意思。只有没有道理的希望是真实的，永远有生气的，做父亲的人们明知小孩变成顽皮大人是种可伤的事情，却非常希望他们赶快长大。已看穿人性的腐朽同宇宙的乏味了，可是还希望他们来日有个花一般的生涯。为着他们，希望许多绝不可能的事情变为可能，为着他们，肯把自己重新掷到过去的幻觉里去，于是乎从他们的生活里去度自己第二次的青春，又是一场哀乐。为着儿女的恋爱而担心，去揣摩内中的甘苦，宛如又蹚进情场。有时把儿女的痴梦拿来细味，自己不知不觉也走到梦里去了，孩提的想头和希望都占着做父亲者的心窝，虽然这些事他们从前曾经热烈地执着过，后来又颓然扔开了。人们下半生的心境又恢复到前半生那样了，有时从父愁里也产生出春愁和乡愁。

　　记得去年快有儿子时候，我的父亲从南方写信来说道，"你现在也快做父亲了，有了孩子，一切要耐忍些"，我年来常常记起这几句话，感到这几句叮咛包括了整个人生。

海燕

郑振铎 / 文

　　乌黑的一身羽毛，光滑漂亮，积伶积俐，加上一双剪刀似的尾巴，一对劲俊轻快的翅膀，凑成了那样可爱的活泼的一只小燕子。当春间二三月，轻微微的吹拂着，如毛的细雨无因的由天上洒落着，千条万条的柔柳，齐舒了它们的黄绿的眼，红的白的黄的花，绿的草，绿的树叶，皆如赶赴市集者似的奔聚而来，形成了烂熳无比的春天时，那些小燕子，那么伶俐可爱的小燕子，便也由南方飞来，加入了这个隽妙无比的春景的图画中，为春光平添了许多的生趣。小燕子带了它的双剪似的尾，在微风细雨中，或在阳光满地时，斜飞于旷亮无比的天空之上，唧的一声，已由这里稻田上，飞到了那边的高柳之下了。同几只却隽逸的在粼粼如縠纹的湖面横掠着，小燕子的剪尾或翼尖，偶沾了水面一下，那小圆晕便一圈一圈的荡漾了开去。那边还有飞倦了的几对，闲散的憩息于纤细的电线上，——嫩蓝的春天，几支木杆，几痕细线连于杆与杆间，线上是停着几个粗而有致的小黑点，那便是燕子，是多么有趣的一幅图画呀！还有一家家的快乐家庭，他们还特为我们的小燕子备了一个两个小巢，放在厅梁的最高处，假如这家有了一个匾额，那匾后便是小燕子最好的安巢之所。第一年，小燕子来住了，第二年，我们的小燕子，就是去年的一对，它们还要来住。

"燕子归来寻旧垒。"

还是去年的主，还是去年的宾，他们宾主间是如何的融融泄泄呀！偶然的有几家，小燕子却不来光顾，那便很使主人忧戚，他们邀召不到那么隽逸的嘉宾，每以为自己运命的蹇劣呢。

这便是我们故乡的小燕子，可爱的活泼的小燕子，曾使几多的孩子们欢呼着，注意着，沈醉着，曾使几多的农人们市民们忧戚着，或舒怀的指点着，且曾平添了几多的春色，几多的生趣于我们的春天的小燕子！

如今，离家是几千里！离国是几千里！托身于浮宅之上，奔驰于万顷海涛之间，不料却见着我们的小燕子。

这小燕子，便是我们故乡的那一对，两对么？便是我们今春在故乡所见的那一对，两对么？

见了它们，游子们能不引起了，至少是轻烟似的，一缕两缕的乡愁么？

海水是皎皎洁无比的蔚蓝色，海波是平稳得如春晨的西湖一样，偶有微风，只吹起了绝细绝细的千万个翻翻的小皱纹，这更使照晒于初夏之太阳光之下的、金光烂灿的水面显得温秀可喜。我没有见过那么美的海！天上也是皎洁无比的蔚蓝色，只有几片薄纱似的轻云，平贴于空中，就如一个女郎，穿了绝美的蓝色夏衣，而颈间却围绕了一段绝细绝轻的白纱巾。我没有见过那么美的天空！我们倚在青色的船栏上，默默的望着这绝美的海天；我们一点杂念也没有，我们是被沈醉了，我们是被带入晶天中了。

就在这时，我们的小燕子，二只，三只，四只，在海上出现了。它们仍是隽逸的从容的在海面上斜掠着，如在小湖面上一样；海水被它的似剪的尾与翼尖一打，也仍是连漾了好几圈圆晕。小小的燕子，浩莽的大海，飞着飞着，不会觉得倦么？不会遇着暴风疾雨么？我们真替它们担心呢！

小燕子却从容的憩着了。它们展开了双翼，身子一落，落在海面上了，双翼如浮圈似的支持着体重，活是一只乌黑的小水禽，在随波上下的浮着，又安闲，又舒适。海是它们那么安好的家，我们真是想不到。

在故乡，我们还会想象得到我们的小燕子是这样的一个海上英雄么？

海水仍是平贴无波，许多绝小绝小的海鱼，为我们的船所惊动，群向远处窜去；随了它们飞窜着，水面起了一条条的长痕，正如我们当孩子时之用瓦片打水漂在水面所划起的长痕。这小鱼是我们小燕子的粮食么？

小燕子在海面上斜掠着，浮憩着。它们果是我们故乡的小燕子么？

啊，乡愁呀，如轻烟似的乡愁呀！

中秋节

胡也频 / 文

　　离开我的故乡，到现在，已是足足的七个年头了。在我十四岁至十八岁这四年里面，是安安静静地过着平稳的学校生活，故每年一放暑假，便由天津而上海，而马江，回到家里去了。及到最近的这三年，时间是系在我的脚跟，漂泊去，又漂泊来，总是在渺茫的生活里寻觅着理想，不但没有重览故乡的景物，便是弟妹们昔日的形容，在记忆里也不甚清白了；像那不可再得的童时的情趣，更消失尽了！然而既往的梦却终难磨灭，故有时在孤寂的凄清的夜里，受了某种景物的暗示，曾常常想到故乡，及故乡的一切。

　　因为印象的关系，当我想起故乡的时候，最使我觉得快乐而惆怅的便是中秋节了。

　　在闽侯县的风俗，像这个中秋节，算是小孩子们一年最快乐里的日子。差不多较不贫穷的家里，一到了八月初九，至迟也不过初十这一天，在大堂或客厅里，便用了桌子或木板搭成梯子似的那阶级，一层一层的铺着极美观的毯子，上面排满着磁的，瓦的，泥的许多许多关于中国历史上和传说里面的人物，以及细巧精致的古董，玩具，——这种的名称就叫作"排塔"。

说到塔，我又记起十年前的事了：那一年，在许多表姊妹表兄弟的家里，都没有我的那个塔高，大，和美了。这个塔，是我的外祖母买给我们的，她是定做下来，所以别人临时都买不到：因此，这一个的中秋节，许多表姊妹兄弟都到我家里来，其中尤其是蒂表妹喜欢得厉害，她老是用她那一双圆圆清澈的眼睛，瞧着塔上那个红葫芦，现着不尽羡慕和爱惜的意思。

"老看干么？只是一个葫芦！"我的蓉弟是被大人们认为十五分淘气的，他看见蒂表妹那样呆呆地瞧着，便这样说。

"我家里也有呢！"她做不出屑的神气。

"你家里的没有这个大，高，美！"

"还我栗子！都不同你好了！"蒂表妹觉得自己的塔确是没有这个好，便由羞成怒了。

"在肚子里，你能拿去么？"蓉弟歪着头噘嘴说，"不同我好？你也还我'搬不倒'！"

于是这两个人便拌起嘴来了。

母亲因为表姊妹表兄弟聚在一起，年龄又都是在十岁左右，恐怕他们闹事，故常常关心着。这时，她听见蓉弟和蒂表妹争执，便自己跑出来，解分了，但蒂表妹却依在母亲身旁，默默地哭着。

"舅妈明年也照样买一个给你，"母亲安慰她。

"还要大！"蒂表妹打断母亲的话，说着，便眼泪盈盈地笑了。

我因为一心只想到北后街黄伯伯家里去看鳌山，对于这个家里的塔很是淡漠，所以说："你如喜欢你就拿去好了，蒂妹！"

她惊喜地望我笑着。"是你一个人的么！"然而蓉弟又不平了，"是大家的，想一个做人情，行么？吓！"

"行！"我用哥哥的口气想压住他。

"不行！"他反抗着。

母亲又为难了，她说："得啦！过节拌嘴要不得。我们赶快预备看鳌山去吧。"

"看鳌山？"蓉弟似乎很喜欢，把拌嘴的事情都忘却了。"大家都去么？"他接着问。

"拌嘴的不准去。"

"我只是逗你玩的，谁和谁拌嘴？"蓉弟赶紧去拉蒂表妹的手。

"不同你好！"她还生气着。

"同我好么？"我问。

她没有答应，便走过来，于是我们牵着手，到我的小书房里面去了。

在表姊妹中，我曾用我的眼光去细细地评判，得到以下的结论：

黎表姊太老实，古板，没有趣味；

芝表姊太滑头，喜欢愚弄人，不真挚；

梅表妹什么都好了，可惜头上长满癞疮；

辉表妹真活泼，娇憨，美丽，但年纪太小，合不来！

只有蒂表妹……我没有什么可说了。

这时候我和她牵着手到书房里，而且又在母亲和蓉弟面前得她默默地承认同我好，心里更充满着荣幸的愉快了。我拿出许多私有的食品给她，要她吃，并送她几张关于耶稣的画片。末了还应许她到西湖去，住在她家里。她说："你同我好是真的么？萱哥！"

"骗你就是癞狗！"

"怕舅舅和舅妈不准你去我家里吧？"

"那不要紧！你说是姑妈要，还怕什么？"

"那末你读书呢？"

"念书？"这可使我踌躇了。因为那个举人先生，讨嫌极了，一天到晚都不准我离开桌子，限定背三本《幼学琼林》《唐诗》《左传句解》，和念一本《告子》注，以及做一篇一百字的文章，默写一篇四百字的小楷，模仿一张四方格的大字，真使我连吃饭和上厕的时候都诅他；然而他依样康健，依样用两寸多长的指甲抓他的脚、头、耳朵，和哭丧着脸哑哑地哼着"落霞与孤鹜齐飞，秋水共长天一色！"……有时瞌睡来了，便团了一根纸捻放到鼻孔里旋转着，打着"汽、汽"的喷嚏，将鼻涕溅散到桌子上，又拍一下板子说："念呀……"

他的脸……

"你怎么不说话呢？"蒂表妹突然推一下我的手腕，说。

"念书可就不好办了！"我皱着眉头。

"不管他——鬼先生——不成么？"

"不成。"

我们于是都沉默着。

经过了半点多钟，表姊妹表兄弟们便跑进来了，嘻嘻哈哈地，现着极快乐的样子。

"我们马上就看鳌山去了！"宾表哥说。

"你不去么？蒂妹！"黎表姊接着问。

"我不想去了。"蒂表妹没有说什么，我便答道："你们去好了。"

"又不是问你！"蓉弟带着不平讽刺的意思。

"不准你说话！"我真有点生气了。

幸得母亲这时候走进来，她似乎还不曾听见我和蓉弟的争执，只问我："萱儿！你在这里做什么？"

我摇一下，表示没有做什么事。

母亲便接着说："看鳌山去吧。"

"我不去。"

"为什么呢？"

"不为什么。"

"那么，"母亲向着蒂表妹说，"你去吧。"

"我也不去。"蒂表妹回答。

"也好。你们好好地玩，不要拌嘴。"

于是母亲领着表姊妹表兄弟们走了。

看鳌山，这是我在许多日以前便深深地记在心上的事，但现在既到了可看的时候，又不想去，自然是因为蒂表妹的缘故了。

"你真的不想去看鳌山么？"母亲们都走去很久了，她又问。

"同你好，还看鳌山好么？"

她笑了。

天色虽是到了薄暮时候，乌鸦和燕子一群群地旋飞着，阳光无力的照在树杪，房子里面很暗淡了，但我隔着书桌看着她的笑脸，却是非常的明媚，艳冶，海棠似的。

"只是蒂表妹……我没有什么可说了。"我又默默地想着在表姊妹们里所得的结论。我便走近她身边去，将我的手给她。

"做什么呢？"她看见我的手伸过去，便说。

"给你。"

"给我做什么呢？"她又问。

"给你就是了。"我的手便放在她的手上。

"你真的同我好呀！"她低声地说。

"谁说不是？"

"也学舅舅同舅妈那样的好么？"

"是吧？"我有点犹豫着。

"舅舅同舅妈全不拌嘴，这是妈告诉我的。"

"我们也全不拌嘴。"我接着说。

"这样就是舅舅同舅妈那样的好了。"

"那你还得给我亲嘴。"

"亲嘴做什么呢？"

"你不是说我们像舅舅同舅妈那样的好么？舅妈常常给舅舅亲嘴的，我在白天和夜里都瞧见。"

"是真的么？"

"骗你就算是癞狗！"

"那……那你就……"她斜过脸来，嘴唇便轻轻地吻上了。

明透了的月亮，照在庭院里，将花架旁边的竹林，疏疏稀稀地映到玻璃窗上，有时因微风流荡过去，竹影还摇动着。我和蒂表妹默默地挨着，低声低声地说着端午节的龙舟，西湖的彩船，和重九登高放纸鸢，以及赌纸虾蟆，踢毽子……说到高兴了，便都愿意的，又轻轻地亲一下嘴。

"你看！那是两个还是一个？"当我们的脸儿偎着，她指那窗上的影儿，说。

"两个。"我仰起头去，回答她。

"是一个。"她又把我的脸儿偎近去。

"真是一个！"这时我的头不仰起去了。

"好玩！……"她快乐极了，将我的脸儿偎得紧紧地，眼睛斜睨着窗上。

我们这样有意思的玩着，大约只有一点多钟，母亲和表姊妹表兄弟们都回来了。蓉弟便自夸奖地在我和蒂表妹面前说："鳌山真好，好极了！龙吐水，还有……还有……吓！龙吐水！"

黎表姊也快乐地说："种田的，挖菜的，踏水车的，……全是活动的，真好看！"

"你喜欢看鳌山么？"我愉愉地问蒂表妹。

她摇一下头，又噘一下嘴；便也低声地问我："你呢？"

"我也不。"

不久，我们都到大天井里，吃水果，月饼，喝葡萄酒，并赏月去了。母亲伴着我们这一群小孩子玩着，猜谜的猜谜，唱歌的唱歌；其中只有蓉弟最贪吃，而且喝了三四杯酒，脸儿通红了，眼睛呆呆地看人，一忽儿他便醉了，哭着。

"醉得好！"我和蒂表妹同样的快乐着。

这样的到露水很浓重的时候，母亲才打发我们睡去。因为，我的身体虚弱，虽是年纪已到十岁了，却还常常尿床，所以我的乳妈（其实早就没有吃她的乳了）固执的不要我和蒂表妹在客厅里睡，把我拖到她的房子里去了。

"老狗子！"我恨恨地骂我的乳妈。

"好好地睡吧。不久天就会亮了。再玩去。"

"可恶的老狗子。"我想着，便朦胧了。

第二天我醒来后，跑至客厅里一看，蒂表妹和其他的表姊妹表兄弟们通通回家去了。……

真的，自那一年到现在，转瞬般已是十年的时间了，我从没有再过个像那样的中秋节，并且最近这三个中秋节还是在我不知月日的生活里悄悄地渡过去。表兄弟们呢，早就为了人类间的壁垒，隔绝着；表姊中有的已做过母亲了，但表妹们总该有女孩子的吧。惟愿她们不像我这样的已走到秋天的路上！至于那个塔，是否还安放在楼上的木箱里，每年在八月初旬由小弟妹们拿出排在大堂上最高的层级上，也不可知了。送这个塔给我们的外祖母还康健着么？故乡的一切却真是值得眷念的事！

乌篷船

周作人 / 文

子荣君：

接到手书，知道你要到我的故乡去，叫我给你一点什么指导。老实说，我的故乡，真正觉得可怀恋的地方，并不是那里；但是因为在那里生长，住过十多年，究竟知道一点情形，所以写这一封信告诉你。

我所要告诉你的，并不是那里的风土人情，那是写不尽的，但是你到那里一看也就会明白的，不必罗唆地多讲。我要说的是一种很有趣的东西，这便是船。你在家乡平常总坐人力车、电车，或是汽车，但在我的故乡那里这些都没有，除了在城内或山上是用轿子以外，普通代步都是用船。船有两种，普通坐的都是"乌篷船"，白篷的大抵作航船用，坐夜航船到西陵去也有特别的风趣，但是你总不便坐，所以我也就可以不说了。乌篷船大的为"四明瓦"（Sy-menngoa），小的为脚划船亦称小船。但是最适用的还是在这中间的"三道"，亦即三明瓦。篷是半圆形的，用竹片编成，中夹竹箬，上涂黑油；在两扇"定篷"之间放着一扇遮阳，也是半圆的，木作格子，嵌着一片片的小鱼鳞，径约一寸，颇有点透明，略似玻璃而坚韧耐用，这就称为明瓦。三明瓦者，谓其中舱有两道，后舱有一道明瓦也。船尾用橹，大抵两支，船首有竹篙，用以定船。船头着眉目，状如老虎，但似在微笑，颇滑稽而不可怕，唯白篷船则无之。三道船篷之高大约可以使你直立，舱宽可以放下一顶方桌，四个人坐着打麻将，——这个恐怕你也已学会了罢？小船则真是一叶扁舟，你坐在船底席上，篷顶离你的头有两三寸，你的两手可以搁在左右的舷上，还把手都露出在外边。在这种船里仿佛是在水面上坐，靠近田岸去时泥土便和你的眼鼻接近，而且遇着风浪，或是坐得少不小心，就会船底朝天，发生危险，但是也颇有趣味，是水乡的一种特色。不过你总可以不必去坐，最好还是坐那三道船吧。

　　你如坐船出去，可是不能像坐电车的那样性急，立刻盼望走到，倘若出城，走三四十里路，（我们那里的里程是短，一里才及英里三分之一，）来回总要预备一天。你坐在船上，应该是游山的态度，看看四周物色，随处可见的山，岸旁的乌桕，河边的红蓼和白苹，渔舍，各式各样的桥，困倦的时候睡在舱中拿出随笔来看，或者冲一碗清茶喝喝。偏门外的鉴湖一带，贺家池，壶觞左近，我都是喜欢的，或者往娄公埠骑驴去游兰亭（但我劝你还是步行，骑驴或者于你不很相宜），到得暮色苍然的时候进城上都挂着薜荔的东门来，倒是颇有趣味的事。倘若路上不平静，你往杭州去时可于下午开船，黄昏时候的景色正最好看，只可惜这一带地方的名字我都忘记了。夜间睡在舱中，听水声橹声，来往船只的招呼声，以及乡间的犬吠鸡鸣，也都很有意思，雇一只船到乡下去看庙戏，可以了解中国旧戏的真趣味，而且在船上行动自如，要看就看，要睡就睡，要喝酒就喝酒，我觉得也可以算是理想的行乐法。只可惜讲维新以来这些演剧与迎会都已禁止，中产阶级的低能人别在"布业会馆"等处建起"海式"的戏场来，请大家买票看上海的猫儿戏。这些地方你千万不要去。——你到我那故乡，恐怕没有一个人认得，我又因为在教书不能陪你去玩，坐夜船，谈闲天，实在抱歉而且惆怅。川岛君夫妇现在偶山下，本来可以给你绍介，但是你到那里的时候他们恐怕已经离开故乡了。初寒，善自珍重，不尽。

北京的春节

老舍 / 文

　　按照北京的老规矩，过农历的新年（春节），差不多在腊月的初旬就开头了。"腊七腊八，冻死寒鸦"，这是一年里最冷的时候。可是，到了严冬，不久便是春天，所以人们并不因为寒冷而减少过年与迎春的热情。在腊八那天，人家里，寺观里，都熬腊八粥。这种特制的粥是祭祖祭神的。可是细一想，它倒是农业社会的一种自傲的表现——这种粥是用所有的各种的米，各种的豆，与各种的干果（杏仁、核桃仁、瓜子、荔枝肉、桂圆肉、莲子、花生米、葡萄干、菱角米……）熬成的。这不是粥，而是小型的农业展览会。

　　腊八这天还要泡腊八蒜。把蒜瓣在这天放到高醋里，封起来，为过年吃饺子用的。到年底，蒜泡得色如翡翠，而醋也有了些辣味，色味双美，使人要多吃几个饺子。在北京，过年时，家家吃饺子。

　　在有皇帝的时候，学童们到腊月十九日就不上学了，放年假一月。儿童们准备过年，差不多第一件事是买杂拌儿。这是用各种干果（花生、胶枣、榛子、栗子等）与蜜饯掺和成的，普通的带皮，高级的没有皮——例如：普通的用带皮的榛子，高级的就用榛瓤儿。儿童们喜吃这些零七八碎儿，即使没有饺子吃，也必须买杂拌儿。他们的第二件大事是买爆竹，特别是男孩子们。恐怕第三件事才是买玩艺儿——风筝、空竹、口琴等——和年画儿。

儿童们忙乱，大人们也紧张。他们须预备过年吃的使的喝的一切。他们也必须给儿童赶快做新鞋新衣，好在新年时显出万象更新的气象。

二十三日过小年，差不多就是过新年的"彩排"。在旧社会里，这天晚上家家祭灶王，从一擦黑儿鞭炮就响起来，随着炮声把灶王的纸像焚化，美其名叫送灶王上天。在前几天，街上就有多少多少卖麦芽糖与江米糖的，糖形或为长方块或为大小瓜形。按旧日的说法：有糖粘住灶王的嘴，他到了天上就不会向玉皇报告家庭中的坏事了。现在，还有卖糖的，但是只由大家享用，并不再粘灶王的嘴了。

过了二十三，大家就更忙起来，新年眨眼就到了啊。在除夕以前，家家必须把春联贴好，必须大扫除一次，名曰扫房。必须把肉、鸡、鱼、青菜、年糕什么的都预备充足，至少足够吃用一个星期的——按老习惯，铺户多数关五天门，到正月初六才开张。假若不预备下几天的吃食，临时不容易补充。还有，旧社会里的老妈妈论，讲究在除夕把一切该切出来的东西都切出来，省得在正月初一到初五再动刀，动刀剪是不吉利的。这含有迷信的意思，不过它也表现了我们确是爱和平的人，在一岁之首连切菜刀都不愿动一动。

除夕真热闹。家家赶作年菜，到处是酒肉的香味。老少男女都穿起新衣，门外贴好红红的对联，屋里贴好各色的年画，哪一家都灯火通宵，不许间断，炮声日夜不绝。在外边作事的人，除非万不得已，必定赶回家来，吃团圆饭，祭祖。这一夜，除了很小的孩子，没有什么人睡觉，而都要守岁。

元旦的光景与除夕截然不同：除夕，街上挤满了人；元旦，铺户都上着板子，门前堆着昨夜燃放的爆竹纸皮，全城都在休息。

男人们在午前就出动，到亲戚家、朋友家去拜年。女人们在家中接待客人。同时，城内城外有许多寺院开放，任人游览，小贩们在庙外摆摊、卖茶、食品和各种玩具。北城外的大钟寺、西城外的白云观、南城的火神庙（厂甸）是最有名的。可是，开庙最初的两三天，并不十分热闹，因为人们还正忙着彼此贺年，无暇及此。到了初五六，庙会开始风光起来，小孩们特别热心去逛，为的是到城外看看野景，可以骑毛驴，还能买到那些新年特有的玩具。白云观外的广场上有赛轿车赛马的；在老年间，据说还有赛骆驼的。这些比赛并不争取谁第一谁第二，而是在观众面前表演骡马与骑者的美好姿态与技能。

多数的铺户在初六开张，又放鞭炮，从天亮到清早，全城的炮声不绝。虽然开了张，可是除了卖吃食与其他重要日用品的铺子，大家并不很忙，铺中的伙计们还可以轮流着去逛庙、逛天桥和听戏。

元宵（汤圆）上市，新年的高潮到了——元宵节（从正月十三到十七）。除夕是热闹的，可是没有月光；元宵节呢，恰好是明月当空。元旦是体面的，家家门前贴着鲜红的春联，人们穿着新衣裳，可是它还不够美。元宵节，处处悬灯结彩，整条的大街像是办喜事，火炽而美丽。有名的老铺都要挂出几百盏灯来，有的一律是玻璃的，有的清一色是牛角的，有的都是纱灯；有的各形各色，有的通通彩绘全部《红楼梦》或《水浒传》故事。这，在当年，也就是一种广告；灯一悬起，任何人都可以进到铺中参观；晚间灯中都点上烛，观者就更多。这广告可不庸俗。干果店在灯节还要作一批杂拌儿生意，所以每每独出心裁的，制成各样的冰灯，或用麦苗作成一两条碧绿的长龙，把顾客招来。

除了悬灯，广场上还放花盒。在城隍庙里并且燃起火判，火舌由判官的泥像的口、耳、鼻、眼中伸吐出来。公园里放起天灯，像巨星似的飞到天空。

男男女女都出来踏月、看灯、看焰火；街上的人拥挤不动。在旧社会里，女人们轻易不出门，她们可以在灯节里得到些自由。

小孩子们买各种花炮燃放，即使不跑到街上去淘气，在家中也照样能有声有光的玩耍。家中也有灯：走马灯——原始的电影——宫灯、各形各色的纸灯，还有纱灯，里面有小铃，到时候就叮叮的响。大家还必须吃汤圆呀。这的确是美好快乐的日子。

一眨眼，到了残灯末庙，学生该去上学，大人又去照常作事，新年在正月十九结束了。腊月和正月，在农村社会里正是大家最闲在的时候，而猪牛羊等也正长成，所以大家要杀猪宰羊，酬劳一年的辛苦。过了灯节，天气转暖，大家就又去忙着干活了。北京虽是城市，可是它也跟着农村社会一齐过年，而且过得分外热闹。

在旧社会里，过年是与迷信分不开的。腊八粥，关东糖，除夕的饺子，都须先去供佛，而后人们再享用。除夕要接神；大年初二要祭财神，吃元宝汤（馄饨），而且有的人要到财神庙去借纸元宝，抢烧头股香。正月初八要给老人们顺星、祈寿。因此那时候最大的一笔浪费是买香蜡纸马的钱。现在，大家都不迷信了，也就省下这笔开销，用到有用的地方去。特别值得提到的是现在的儿童只快活的过年，而不受那迷信的熏染，他们只有快乐，而没有恐惧——怕神怕鬼。也许，现在过年没有以前那么热闹了，可是多么清醒健康呢。以前，人们过年是托神鬼的庇佑，现在是大家劳动终岁，大家也应当快乐的过年。

蓬莱仙境

杨朔 / 文

夜来落过一场小雨，一早晨，我带着凉爽的清气，坐车往一别二十多年的故乡蓬莱去。

许多人往往把蓬莱称做仙境。本来难怪，古书上记载的所谓海上三神山不就是蓬莱、方丈、瀛洲？民间流传极广的八仙过海的神话，据白胡子老人家说，也出在这一带。二十多年来，我有时怀念起故乡，却不是为的什么仙乡，而是为的那儿深埋着我童年的幻梦。这种怀念有时会带点苦味儿。记得那还是朝鲜战争的年月，一个深秋的傍晚，敌机空袭刚过去，我到野地去透透气。四野漫着野菊花的药香味，还有带水气的蓼花味儿。河堤旁边，有两个面黄肌瘦的朝鲜放牛小孩把洋芋埋在沙里，下面掏个洞，正用干树枝烧着吃。看见这种情景，我不觉想起自己的童年。我想起儿时家乡的雪夜，五更天，街头上远远传来的那种怪孤独的更梆子声；也想起深秋破晓，西北风呜呜扑着纸窗，城头上吹起的那种惨烈的军号声音。最难忘记的是我一位叫婀娜的表姐，年岁比我大得多，自小无父无母，常到我家来玩，领着我跳绳、扑蝴蝶，有时也到海沿上去捡贝壳。沙滩上有些小眼，婀娜姐姐会捏一根草棍插进去，顺着草棍扒沙子。扒着扒着，一只小螃蟹露出来，两眼机灵灵地直竖着，跟火柴棍一样，忽然飞也似的横跑起来，惹得我们笑着追赶。后来不知怎的，婀娜姐姐不到我们家来了。我常盼着她，终于有一天盼来，她却羞答答地坐在炕沿上，看见我，只是冷淡淡地一笑。

我心里很纳闷，背后悄悄问母亲道："婀娜姐姐怎么不跟我玩啦？"

母亲说："你婀娜姐姐定了亲事，过不几个月就该出阁啦，得学点规矩，还能老疯疯癫癫的，跟你们一起闹。"

婀娜姐姐出嫁时，我正上学，没能去。听说她嫁的丈夫是个商店的学徒，相貌性情都不错，就是婆婆厉害，常给她气受。又过几年，有一回我到外祖母家去，看见炕上坐着个青年妇女，穿着一身白，衣服边是毛的，显然正带着热孝。她脸色焦黄，眼睛哭的又红又肿，怀里紧紧搂着一个吃奶的男孩子。我几乎认不出这就是先前爱笑爱闹的婀娜姐姐。外祖母眼圈红红的，告诉我说婀娜姐姐的丈夫给商店记账，整年整月伏在桌子上，累的吐血，不能做事，被老板辞掉。他的病原不轻，这一急，就死了。婀娜姐姐把脸埋在孩子的头发里。呜呜咽咽只是哭。外祖母擦着老泪说："都是命啊！往后可怎么过呢！"

再往后，我离开家乡，一连多少年烽火遍地，又接不到家乡的音信，不知道婀娜姐姐的命运究竟怎样了。

这许多带点苦味的旧事，不知怎的，一看见那两个受着战争折磨的朝鲜小孩，忽然一齐涌到我的脑子里来。我想：故乡早已解放，婀娜姐姐的孩子也早已长大成人，她的生活该过得挺不错吧？可是在朝鲜，在世界别的角落，还有多少人生活在眼泪里啊！赶几时，我们才能消灭战争，我可以回到祖国，回到故乡，怀着完全舒畅的心情，重新看看家乡那像朝鲜一样亲切可爱的山水人物呢？一时间，我是那样的想念家乡，想念得心都有点发痛。

而在一九五九年六月，石榴花开时，我终于回到久别的故乡。车子沿着海山飞奔，一路上，我闻见一股极熟悉的海腥气，听见路两边飞进车来的那种极亲切的乡音，我的心激荡得好像要融化似的，又软又热。路两旁的山海田野，处处都觉得十分熟悉，却又不熟悉。瞧那一片海滩，滩上堆起一道沙城，仿佛是我小时候常去洗澡的地场。可又不像。原先那沙城应该是一道荒岗子，现在上面分明盖满绿葱葱的树木。再瞧那一个去处，仿佛是清朝时候的"校场"，我小时候常去踢足球玩。可又不像。原先的"校场"根本不见，那儿分明立着一座规模满大的炼铁厂。车子东拐西拐，拐进一座陌生的城市，里面有开阔平坦的街道，亮堂堂的店铺，人烟十分热闹。我正猜疑这是什么地方，同行的旅伴说："到了。"

想不到这就是我的故乡。在我的记忆当中，蓬莱是个古老的小城，街道狭窄，市面冷落，现时竟这样繁华，我怎能认识它呢？它也根本不认识我。我走在街上，人来人往，没有一个人认识我是谁。本来嘛，一去二十多年，当年的旧人老了，死了，年轻的一代长起来，哪里会认识我？家里也没什么人了，只剩一个出嫁的老姐姐，应该去看看她。一路走去，人们都用陌生的眼神望着我。我的心情有点发怯：只怕老姐姐不在，又不知道她的命运究竟怎样。

老姐姐竟不在。一个十六七岁的姑娘迎出屋来，紧端量我，又盘问我是谁，最后才噢噢两声说："原来是二舅啊。俺妈到街上买菜去啦，我去找她。"

等了好一阵，一个五十岁左右的妇女走进屋来，轻轻放下篮子，挺温柔地盯着我说："你是二兄弟么？我才在街上看见你啦。我看了半天，心想：'这可是个外来人'，就走过去了——想不到是你。"

刚才我也没能认出她来。她的眼窝塌下去，头发有点花白，一点不像年轻时候的模样。性情却没变，还是那么厚道，说话慢言慢语的。她告诉我自己有三个闺女，两个大的在人民公社里参加农业劳动，刚拔完麦子，正忙着在地里种豆子，栽花生；刚才那个是最小的，在民办中学念书，暑假空闲，就在家里给烟台手工艺合作社绣花。我们谈着些家常话，到末尾，老姐姐知道我住在县委机关里，便叫我第二天到她家吃晚饭。我怕她粮食不富裕，不想来。她说："来嘛！怕什么？"便指一指大笸箩里晾的麦子笑着说："你看，这都是新分的，还不够你吃的？去年的收成，就不错，今年小麦的收成比往年更强，你还能吃穷我？"

我只得答应。原以为是一顿家常便饭，不想第二天一去，这位老姐姐竟拿我当什么贵客，摆出家乡最讲究的四个盘儿：一盘子红烧加级鱼，一盘子炒鸡蛋，一盘子炒土豆丝，一盘子凉拌粉皮。最后吃面，卤子里还有新晒的大虾干。

我不禁说："你们的生活不错啊。"

老姐姐漫不经心一笑说："是不错嘛，你要什么有什么。"

我们一面吃着饭菜，喝着梨酒，一面谈着这些年别后的情况，也谈着旧日的亲戚朋友，谁死了，谁还活着。我忽然想起婀娜姐姐，就问道："可是啊，咱们那个表姐还好吧？"

老姐姐问道："哪个表姐？"我说："婀娜姐姐呀。年轻轻的就守寡，拉着个孩子，孩子早该长大成人啦。"老姐姐说："你问的是她呀。你没见她那孩子，后来长的可壮啦，几棒子也打不倒。那孩子也真孝顺，长到十几岁就去当学徒的，挣钱养活他妈妈。都说：'这回婀娜姐姐可熬出来了！'——不曾想她孩子又死了。"

我睁大眼问："怎么又死了？"

老姐姐轻轻叹口气说："嘻！还用问，反正不会是好死。听说是打日本那时候，汉奸队抓兵，追的那孩子没处跑，叫汉奸队开枪打死，尸首扔到大海里去了。"

我听了，心里好惨，半天说不出话。

老姐姐又轻轻叹口气说："嘻！她从小命苦，一辈子受折磨，死的实在可怜。"

这时候，我那最小的外甥女瞟我一眼说："妈！你怎么老认命？我才不信呢。要是婀娜表姨能活到今天，你看她会不会落得这样惨？"

说得对，好姑娘。命运并非有什么神灵在冥冥中主宰着，注定难移。命运是可以战胜的。命运要不是捏在各色各样吃人妖精的手心里，拿着人民当泥团搓弄，而是掌握在人民自己的手里，人民便能够创造新的生活，新的历史，新的命运。且看看故乡人民是怎样在催动着千军万马，创造自己金光闪闪的事业吧。

他们能在一片荒沙的海滩上到处开辟出碧绿无边的大果园，种着千万棵葡萄和苹果。葡萄当中有玫瑰香，苹果里边有青香蕉、红香蕉，都是极珍贵的品种。杂果也不少：紫樱桃、水蜜桃、大白海棠等，色色俱全。海上风硬，冬天北风一吹，果树苗会冻死半截，到春天又发芽，再一经冬，又会死半截。人民便绕着果园外边的界线造起防风林，栽上最耐寒的片松、黑松和马尾松，以及生长最泼的刺槐和紫穗槐，差不多一直把树栽到海里去。于是公社的社员便叫先前的荒滩是金沙滩，每棵果木树都叫摇钱树。

……

他们还能把先前荒山秃岭的穷山沟，变成林木苍翠的花果山。蓬莱城西南莱山脚下的七甲公社便是这样的奇迹之一。原先农民都嫌这里没出息：要山山不好，要地地不好，要道道不好——有什么指望？水又缺，种庄稼也会瘦死。莱山下有个村庄叫郭家村，多年流传着四句歌谣：

有姑娘不给郭家村，

抬水抬到莱山根，

去时穿着绣花鞋，

回来露着脚后跟。

可见吃水有多难。不过这都是旧事了。目前你要去看看，漫坡漫岭都是柿子、核桃、山楂、杜梨一类山果木。风一摇，绿云一样的树叶翻起来，叶底下露出娇黄新鲜的大水杏，正在大熟。顺着山势，高高低低修了好多座小水库，储存山水，留着浇地，你一定得去看看郭家村，浇地的水渠正穿过那个村庄，家家门前都是流水。一个五十多岁的老大娘盘着腿坐在蒲垫子上，就着门前流水洗衣裳，身旁边跑着个小孙女，拿着一棵青蒿子捕蜻蜓。说不定为吃水，这位老大娘当年曾经磨破过自己出嫁的绣花鞋。我拿着一朵红石榴花要给那小女孩。老大娘望着小孙女笑着说："花！花！"自己却伸手接过去，歪着头斜插到后鬓上，还对水影照了照。也许她又照见自己当年那俊俏的面影了吧。

顶振奋人心的要算去年动工修筑的王屋水库，蓄水量比十三陵水库还要大，却由一个县的力量单独负担着。山地历来缺雨，十年九旱，有一年旱的河床子赤身露体，河两岸的青草都干了。人民便选好离县城西南七十多里一个叫王屋的地方，开凿山岚，拦住来自栖霞县境蚕山的黄水河，造成一片茫茫荡荡的大湖。我去参观时，千千万万农民正在挖溢洪道。水库李政委是个热情能干的军人，领我立在高坡上，左手叉腰，右手指点着远山近水，告诉我将来哪儿修发电站，哪儿开稻田；哪儿栽菱角荷花，哪儿喂鸡子养鱼。说到热烈处，他的话好像流水，滔滔不绝。结尾说："再住几年你回家来，就可以吃到湖边上栽的苹果，湖里养的鱼和水鸭子蛋，还可以在水库发电站发出的电灯光下写写你的故乡呢——不过顶好是在那湖心的小岛子上写，那时候准有疗养所。"

说着，李政委便指着远处一块翠绿色的高地给我看。原是个村儿，于今围在湖水当中。我问起村名，李政委又像喷泉一样说："叫常伦庄，为的是纪念抗日战争时期一个英雄。那英雄叫任常伦，就出在那个村儿。任常伦对党对人民，真是赤胆忠心，毫无保留。后来在一九四三年，日本鬼子'扫荡'胶东抗日根据地，任常伦抱着挺机枪，事先埋伏在栖霞一个山头上堵住敌人，打死许多鬼子，末尾跟鬼子拼了刺刀，自己也牺牲了。人民怀念他的忠烈，还在当地替他铸了座铜像呢。"

我听着这些话，远远望着那山围水绕的常伦庄，心里说不出的激荡。这个人，以及前前后后许多像他同样的人，为着掀掉压在人民头上的险恶大山，实现一个远大的理想，曾经付出多么高贵的代价，战斗到死。他们死了，他们的理想却活着。请看，任常伦家乡的人民不是正抱着跟他同样的信念，大胆创造着自己理想的生活？

而今天，在这个温暖的黄昏里，我和老姐姐经过二十多年的乱离阔别，又能欢欢喜喜聚在一起，难道是容易的么？婀娜姐姐死而有知，也会羡慕老姐姐的生活命运的。

那小外甥女吃完饭，借着天黑前的一点暗亮，又去埋着头绣花。我一时觉得，故乡的人民在不同的劳动建设中，仿佛正在抽针引线，共同绣着一幅五色彩画。不对。其实是全中国人民正用祖国的大地当素绢，精心密意，共同绣着一幅伟大的杰作。绣的内容不是别的，正是人民千百年梦想着的"蓬莱仙境"。

最后的一个星期

萧红 / 文

刚下过雨，我们踏着水淋的街道，在中央大街上徘徊，到江边去呢？还是到哪里去呢？

天空的云还没有散，街头的行人还是那样稀疏，任意走，但是再不能走了。

"郎华，我们应该规定个日子，哪天走呢？"

"现在三号，十三号吧！还有十天，怎么样？"

我突然站住，受惊一般地，哈尔滨要与我们别离了！还有十天，十天以后的日子，我们要过在车上，海上，看不见松花江了，只要"满洲国"存在一天，我们是不能来到这块土地。

李和陈成也来了，好像我们走，是应该走。

"还有七天，走了好啊！"陈成说。为着我们走，老张请我们吃饭。吃过饭以后，又去逛公园。在公园又吃冰激凌，无论怎样总感到另一种滋味，公园的大树，公园夏日的风，沙土，花草，水池，假山，山顶的凉亭，……这一切和往日两样，我没有像往日那样到公园里乱跑，我是安安静静地走，脚下的沙土慢慢地在响。

夜晚屋中又剩了我一个人，郎华的学生跑到窗前。他偷偷观察着我，他在窗前走来走去，假装着闲走来观察我，来观察这屋中的事情，观察不足，于是问了：

"我老师上哪里去了？"

"找他做什么？"

"找我老师上课。"

其实那孩子平日就不愿意上课，他觉得老师这屋有个景况：怎么这些日子卖起东西来，旧棉花，破皮褥子……

要搬家吧？那孩子不能确定是怎么回事。他跑回去又把小菊也找出来，那女孩和他一般大，当然也觉得其中有个景况。我把灯闭上了，要收拾的东西，暂时也不收拾了！

躺在床上，摸摸墙壁，又摸摸床边，现在这还是我所接触的，再过七天，这一些都别开了。

小锅，小水壶，终归被旧货商人所提走，在商人手里发着响，闪着光，走出门去！那是前年冬天，郎华从破烂市买回来的。现在又将回到破烂市去。

卖掉小水壶，我的心情更不能压制住。不是用的自己的腿似的，到木柈房去看看许多木柈还没有烧尽，是卖呢？是送朋友？

门后还有个电炉，还有双破鞋。

大炉台上失掉了锅，失掉了壶，不像个厨房样。

一个星期已经过去四天，心情随着时间更烦乱起来。也不能在家烧饭吃，到外面去吃，到朋友家去吃。

看到别人家的小锅，吃饭也不能安定。后来，睡觉也不能安定。

"明早六点钟就起来拉床，要早点起来。"

郎华说这话，觉得走是逼近了！必定得走了。好像郎华如不说，就不走了似的。

夜里想睡也睡不安。太阳还没出来，铁大门就响起来，我怕着，这声音要夺去我的心似的，昏茫地坐起来。郎华就跳下床去，两个人从床上往下拉着被子、褥子。枕头摔在脚上，忙忙乱乱，有人打着门，院子里的狗乱咬着。

马颈的铃铛就响在窗外，这样的早晨已经过去，我们遭了恶祸一般，屋子空空的了。

我把行李铺了铺，就睡在地板上。为了多日的病和不安，身体弱的快要支持不住的样子。郎华跑到江边去洗他的衬衫，他回来看到我还没有起来，他就生气：

"不管什么时候，总是懒。起来，收拾收拾，该随手拿走的东西，就先把它拿走。"

"有什么收拾的，都已收拾好。我再睡一会，天还早，昨夜我失眠了。"我的腿痛，腰痛，又要犯病的样子。

"要睡，收拾干净再睡，起来！"

铺在地板上的小行李也卷起来了。墙壁从四面直垂下来，棚顶一块块发着微黑的地方，是长时间点蜡烛被烛烟所熏黑的。说话的声音有些轰响。空了！在屋子里边走起来很旷荡……

还吃最后的一次早餐——面包和肠子。

我手提个包袱。郎华说："走吧！"他推开了门。

这正像乍搬到这房子郎华说"进去吧"一样，门开着我出来了，我腿发抖，心往下沉坠，忍不住这从没有落下来的眼泪，是哭的时候了！应该流一流眼泪。

我没有回转一次头走出大门，别了家屋！街车，行人，小店铺，行人道旁的杨树。转角了！

别了，"商市街"！

小包袱在手上挎着。我们顺了中央大街南去。

第六章

那些魂牵梦绕的地方

山西通信

林徽因 / 文

××××：

居然到了山西，天是透明的蓝，白云更流动得使人可以忘记很多的事，单单在一点什么感情底下，打滴溜转；更不用说到那山山水水，小堡垒，村落，反映着夕阳的一角庙，一座塔！景物是美得到处使人心慌心痛。

我是没有出过门的，没有动身之前不容易动，走出来之后却就不知道如何流落才好。旬日来眼看去的都是图画，日子都是可以歌唱的古事。黑夜里在山场里看河南来到山西的匠人，围住一个大红炉子打铁，火花和铿锵的声响，散到四围黑影里去。微月中步行寻到田陇废庙，划一根"取灯"偷偷照看那瞭望观音的脸，一片平静几百年来，没有动过感情的，在那一闪光底下，倒像挂上一缕笑意。

我们因为探访古迹走了许多路；在种种情形之下感慨到古今兴废。在草丛里读碑碣，在砖堆中间偶然碰到菩萨的一只手一个微笑，都是可以激动起一些不平常的感觉来的。乡村的各种浪漫的位置，秀丽天真；中间人物维持着老老实实的鲜艳颜色，老的扶着拐杖，小的赤着胸背，沿路上点缀的，尽是他们明亮的眼睛和笑脸。由北平城里来的我们，东看看，西走走，夕阳背在背上，真和掉在另一个世界里一样！云块，天，和我们之间似乎失掉了一切障碍。我乐时就高兴的笑，笑声一直散到对河对山，说不定那一个林子，那一个村落里去！我感觉到一种平坦，竟许是辽阔，和地面恰恰平行着舒展开来，感觉的最边沿的边沿，和大地的边沿，永远赛着向前伸……

我不会说，说起来也只是一片疯话人家不耐烦听。以我描写一些实际情形我又不大会，总而言之，远地里，一处田亩有人在工作，上面青的，黄的，紫的，分行的长着；每一处山坡上，有人在走路，放羊，迎着阳光，背着阳光，投射着转动的光影；每一个小城，前面站着城楼，旁边睡着小庙，那里又托出一座石塔，神和人，都服贴的，满足的，守着他们那一角天地，近地里，则更有的是热闹，一条街里站满了人，孩子头上梳着三个小辫子的，四个小辫子的，乃至于五六个小辫子的，衣服简单到只剩一个红兜肚，上面隐约也总有他嬷嬷挑的两三朵花！

娘娘庙前面树荫底下，你又能阻止谁来看热闹？教书先生出来了，军队里兵卒拉着马过来了，几个女人娇羞的手拉着手，也扭着来站在一边了，小孩子争着挤，看我们照相，拉皮尺量平面，教书先生帮忙我们拓碑文。说起来这个那个庙，都是年代可多了，什么时候盖的，谁也说不清了！说话之人来得太多，我们工作实在发生困难了，可是我们大家都顶高兴的，小孩子一边抱着饭碗吃饭，一边睁着大眼看，一点子也不松懈。

我们走时总是一村子的人来送的，儿媳妇指着说给老婆婆听，小孩们跑着还要跟上一段路。开栅镇，小相村，大相村，哪一处不是一样的热闹，看到北齐天保三年造像碑，我们不小心的，漏出一个惊异的叫喊，他们乡里弯着背的，老点儿的人，就也露出一个得意的微笑，知道他们村里的宝贝，居然吓着这古怪的来客了。"年代多了吧，"他们骄傲的问。"多了多了，"我们高兴的回答，"差不多一千四百年了。""呀，一千四百年！"我们便一齐骄傲起来。

我们看看这里金元重修的，那里明季重修的殿宇，讨论那式样做法的特异处，塑像神气，手续，天就渐渐黑下来，嘴里觉到渴，肚里觉到饿，才记起一天的日子圆圆整整的就快结束了。回来躺在床上，绮丽鲜明的印象仍然挂在眼睛前边，引导着种种适意的梦，同时晚饭上所吃的菜蔬果子，便给养充实着，我们明天的精力，直到一大颗太阳，红红的照在我们的脸上。

娱园

周作人 / 文

有三处地方，在我都是可以怀念的，——因为恋爱的缘故。第一是《初恋》里说过了的杭州，其二是故乡城外的娱园。

娱园是皋社诗人秦秋渔的别业，但是连在住宅的后面，所以平常只称作花园。这个园据王眉叔的《娱园记》说，是"在水石庄，枕碧湖，带平林，广约顷许。曲构云缭，疏筑花幕。竹高出墙，树古当户。离离蔚蔚，号为胜区"。园筑于咸丰丁巳（一八五七年），我初到那里是光绪甲午，已在四十年后，遍地都长了荒草，不能想见当时"秋夜联吟"的风趣了。园的左偏有一处名叫潭水山房，记中称它"方池湛然，帘户静镜，花水孕毂，笋石饤蓝"的便是。《娱园诗存》卷三中有诸人题词，樊樊山的《望江南》云：

"冰縠净，山里钓人居。花覆书床偎瘦鹤，波摇琴幌散文鱼，水竹夜窗虚。"

陶子缜的一首云：

"澄潭莹，明瑟敞幽房。茶火瓶笙山蛎洞，柳丝泉筑水凫床，古帧写秋光。"

这些文字的费解虽然不亚于公府所常发表的骈体电文，但因此总可以略想见它的幽雅了。我们所见只是废墟，但也觉得非常有趣，儿童的感觉原自要比大人新鲜，而且在故乡少有这样游乐之地，也是一个原因。

娱园主人是我的舅父的丈人，舅父晚年寓居秦氏的西厢，所以我们常有游娱园的机会。秦氏的西邻是沈姓，大约因为风水的关系，大门是偏向的，近地都称作"歪摆台门"。据说是明人沈青霞的嫡裔，但是也已很是衰颓，我们曾经去拜访他的主人，乃是一个二十岁左右的青年，跛着一足，在厅房里聚集了七八个学童，教他们读《千家诗》。娱园主人的儿子那时是秦氏的家主，却因吸烟终日高卧，我们到傍晚去找他，请他画家传的梅花，可惜他现在早已死去了。

忘记了是哪一年，不过总是庚子以前的事罢。那时舅父的独子娶亲（神安他们的魂魄，因为夫妇不久都去世了），中表都聚在一处，凡男的十四人，女的七人。其中有一个人和我是同年同月生的，我称她为姊，她也称我为兄：我本是一只"丑小鸭"，没有一个人注意的，所以我隐密的怀抱着的对于她的情意，当然只是单面的，而且我知道她自小许给人家了，不容再有非分之想，但总感着固执的牵引，此刻想起来，倒似乎颇有中古诗人的余风了。当时我们住在留鹤庵里，她们住在楼上。白天里她们不在房里的时候，我们几个较为年少的人便"乘虚内犯"走上楼去掠夺东西吃：有一次大家在楼上跳闹，我仿佛无意似的拿起她的一件雪青纺绸衫穿了跳舞起来，她的一个兄弟也一同闹着，不曾看出什么破绽来，是我很得意的一件事。后来读木下杢太郎的《食后之歌》，看到一首《绛绢里》，不禁又引起我的感触。

到龛上去取笔去，

钻过晾着的冬衣底下，

触着了女衫的袖子。

说不出的心里的扰乱，

"呀"的缩头下来：

南无，神佛也未必见罪罢，

因为这已是故人的遗物了。

在南京的时代虽然在日记上写了许多感伤的话（随后又都剪去，所以现在记不起它的内容了），但是始终没有想及婚嫁的关系。在外边漂流了十二年之后，回到故乡，我们有了儿女，她也早已出嫁，而且抱着痼疾，已经与死当面立着了，以后相见了几回，我又复出门，她不久就平安过去。至今她只有一张早年的照相在母亲那里，因她后来自己说是母亲的义女，虽然没有正式的仪节。

自从舅父全家亡故之后，二十年没有再到娱园的机会，想比以前必更荒废了。但是它的影象总是隐约的留在我脑底，为我心中的焰的余光所映照着。

我在北京大学的经历

蔡元培 / 文

北京大学的名称，是从民国元年起的；民元以前，名为京师大学堂；包有师范馆仕学馆等，而译学馆亦为其一部；我在民元前六年，曾任译学馆教员，讲授国文及西洋史，是为我北大服务之第一次。

民国元年，我长教育部，对于大学有特别注意的几点：（一）大学设法商等科的，必设文科；设医农工等科的，必设理科。（二）大学应设大学院（即今研究院）为教授、留校的毕业生与高级学生研究的机关。（三）暂定国立大学五所，于北京大学外，再筹办大学各一所于南京、汉口、四川、广州等处。（尔时想不到后来各省均有办大学的能力。）（四）因各省的高等学堂，本仿日本制，为大学预备科，但程度不齐，于入大学时发生困难，乃废止高等学堂，于大学中设预科。（此点后来为胡适之先生等所非难，因各省既不设高等学堂，就没有一个荟萃较高学者的机关，文化不免落后；但自各省竞设大学后，就不必顾虑了。）

是年，政府任严幼陵君为北京大学校长；两年后，严君辞职，改任马相伯君；不久，马君又辞，改任何锡侯君；不久又辞，乃以工科学长胡次珊君代理。民国五年冬，我在法国，接教育部电，促回国，任北大校长。我回来，初到上海，友人中劝不必就职的颇多，说北大太腐败，进去了，若不能整顿，反于自己的声名有碍，这当然是出于爱我的意思。但也有少数的说，既然知道他腐败，更应进去整顿，就是失败，也算尽了心；这也是爱人以德的说法。我到底服从后说，进北京。

我到京后，先访医专校长汤尔和君，问北大情形。他说："文科预科的情形，可问沈尹默君；理工科的情形，可问夏浮筠君。"汤君又说："文科学长如未定，可请陈仲甫君；陈君现改名独秀，主编《新青年》杂志，确可为青年的指导者。"因取《新青年》十余本示我。我对于陈君，本来有一种不忘的印象，就是我与刘申叔君同在《警钟日报》服务时，刘君语我："有一种在芜湖发行之白话报，发起的若干人，都因困苦及危险而散去了，陈仲甫一个人又支持了好几个月。"现在听汤君的话，又翻阅了《新青年》，决意聘他。从汤君处探知陈君寓在前门外一旅馆，我即往访，与之订定；于是陈君来北大任文科学长。而夏君原任理科学长，沈君亦原任教授，一仍旧贯，乃相与商定整顿北大的办法，次第执行。

　　我们第一要改革的，是学生的观念。我在译学馆的时候，就知道北京学生的习惯。他们平日对于学问上并没有什么兴会，只要年限满后，可以得到一张毕业文凭。教员是自己不用功的，把第一次的讲义，照样印出来，按期分散给学生，在讲坛上读一遍，学生觉得没有趣味，或瞌睡，或看看杂书，下课时，把讲义带回去，堆在书架上。等到学期、学年或毕业的考试，教员认真的，学生就拼命的连夜阅读讲义，只要把考试对付过去，就永远不再去翻一翻了。要是教员通融一点，学生就先期要求教员告知他要出的题目，至少要求表示一个出题目的范围，教员为避免学生的怀恨与顾全自身的体面起见，往往把题目或范围告知他们了。于是他们不用功的习惯，得了一种保障了。尤其北京大学的学生，是从京师大学堂"老爷"式学生嬗继下来。（初办时所收学生，都是京官，所以学生都被称为老爷，而监督及教员都被称为中堂或大人。）他们的目的，不但在毕业，而尤注重在毕业以后的出路。所以专门研究学术的教员，他们不见得欢迎；要是点名时认真一点，考试时严格一点，他们就借个话头反对他，虽罢课也所不惜。若是一位在政府有地位的人，来兼课，虽时时请假，他们还是欢迎得很；因为毕业后可以有阔老师做靠山。这种科举时代遗留下来的劣根性，是于求学上很有妨碍的。所以我到校后第一次演说，就说明"大学学生，当以研究学术为天职，不当以大学为升官发财之阶梯"。然而要打破这些习惯，止有从聘请积学而热心的教员着手。

那时候因《新青年》上文学革命的鼓吹，而我们认识留美的胡适之君，他回国后，即请到北大任教授。胡君真是"旧学邃密"而且"新知深沈"的一个人，所以一方面与沈尹默、兼士兄弟，钱玄同，马幼渔，刘半农诸君以新方法整理国故，一方面整理英文系；因胡君之介绍而请到的好教员，颇不少。

我素信学术上的派别，是相对的，不是绝对的；所以每一种学科的教员，即使主张不同，若都是"言之成理、持之有故"的，就让他们并存，令学生有自由选择的余地。最明白的，是胡适之君与钱玄同君等绝对的提倡白话文学，而刘申叔、黄季刚诸君仍极端维护文言的文学；那时候就让他们并存。我信为应用起见，白话文必要盛行，我也常常作白话文，也替白话文鼓吹；然而我也声明：作美术文，用白话也好，用文言也好。例如我们写字，为应用起见，自然要写行楷，若如江艮庭君的用篆隶写药方，当然不可；若是为人写斗方或屏联，做装饰品，即写篆隶章草，有何不可？

那时候各科都有几个外国教员，都是托中国驻外使馆或外国驻华使馆介绍的，学问未必都好，而来校既久，看了中国教员的阑珊，也跟了阑珊起来。我们斟酌了一番，辞退几人，都按著合同上的条件办的，有一法国教员要控告我，有一英国教习竟要求英国驻华公使朱尔典来同我谈判，我不答应。朱尔典出去后，说"蔡元培是不要再做校长的了"，我也一笑置之。

我从前在教育部时，为了各省高等学堂程度不齐，故改为各大学直接的预科；不意北大的预科，因历年校长的放任与预科学长的误会，竟演成独立的状态。那时候预科中受了教会学校的影响，完全偏重英语及体育两方面；其他科学比较的落后；毕业后若直升本科，发生困难。预科中竟自设了一个预科大学的名义，信笺上亦写此等字样。于是不能不加以改革，使预科直接受本科学长的管理，不再设预科学长。预科中主要的教课，均由本科教员兼任。

我没有本校与他校的界限，常为之通盘打算，求其合理化。是时北大设文、理、工、法、商五科，而北洋大学亦有工、法两科；北京又有一工业专门学校，都是国立的。我以为无此重复的必要，主张以北大的工科并入北洋，而北洋之法科，刻期停办。得北洋大学校长同意及教育部核准，把土木工与矿冶工并到北洋去了。把工科省下来的经费，用在理科上。我本来想把法科与法专并成一科，专授法律，但是没有成功。我觉得那时候的商科，毫无设备，仅有一种普通商业学教课，于是并入法科，使已有的学生毕业后停止。

我那时候有一个理想，以为文理两科，是农、工、医、药、法、商等应用科学的基础，而这些应用科学的研究时期，仍然要归到文理两科来。所以文理两科，必须设各种的研究所；而此两科的教员与毕业生必有若干人是终生在研究所工作，兼任教员，而不愿往别种机关去的。所以完全的大学，当然各科并设，有互相关联的便利。若无此能力，则不妨有一大学专办文理两科，名为本科，而其他应用各科，可办专科的高等学校，如德法等国的成例。以表示学与术的区别。因为北大的校舍与经费，决没有兼办各种应用科学的可能，所以想把法律分出去，而编为本科大学；然没有达到目的。

那时候我又有一个理想，以为文理是不能分科的。例如文科的哲学，必植基于自然科学；而理科学者最后的假定，亦往往牵涉哲学。从前心理学附入哲学，而现在用实验法，应列入理科；教育学与美学，也渐用实验法，有同一趋势。地理学的人文方面，应属文科，而地质地文等方面属理科。历史学自有史以来，属文科，而推原于地质学的冰期与宇宙生成论，则属于理科。所以把北大的三科界限撤去而列为十四系，废学长，设系主任。

我素来不赞成董仲舒罢黜百家独尊孔氏的主张。清代教育宗旨有"尊孔"一款，已于民元在教育部宣布教育方针时说它不合用了。到北大后，凡是主张文学革命的人，没有不同时主张思想自由的；因而为外间守旧者所反对。适有赵体孟君以编印明遗老刘应秋先生遗集，贻我一函，属约梁任公、章太炎、林琴南诸君品题；我为分别发函后，林君复函，列举彼对于北大怀疑诸点，我复一函，与他辩；这两函颇可窥见那时候两种不同的见解，所以抄在下面：

　　…………

　　这两函虽仅为文化一方面之攻击与辩护，然北大已成为众矢之的，是无可疑了。越四十余日，而有五四运动。我对于学生运动，素有一种成见，以为学生在学校里面，应以求学为最大目的，不应有何等政治的组织。其有年在二十岁以上，对于政治有特殊兴趣者，可以个人资格参加政治团体，不必牵涉学校。所以民国七年夏间，北京各校学生，曾为外交问题，结队游行，向总统府请愿；当北大学生出发时，我曾力阻他们，他们一定要参与；我因此引咎辞职。经慰留而罢。到八年五月四日，学生又有不签字于巴黎和约与罢免亲日派曹、陆、章的主张，仍以结队游行为表示，我也就不去阻止他们了。他们因愤激的缘故，遂有焚曹汝霖住宅及攒殴章宗祥的事，学生被警厅逮捕者数十人，各校皆有，而北大学生居多数；我与各专门学校的校长向警厅力保，始释放。但被拘的虽已保释，而学生尚抱再接再厉的决心，政府亦且持不做不休的态度。都中喧传政府将明令免我职而以马其昶君任北大校长，我恐若因此增加学生对于政府的纠纷，我个人且将有运动学生保持地位的嫌疑，不可以不速去。乃一面呈政府，引咎辞职；一面秘密出京，时为五月九日。

那时候学生仍每日分队出去演讲，政府逐队逮捕，因人数太多，就把学生都监禁在北大第三院。北京学生受了这样大的压迫，于是引起全国学生的罢课，而且引起各大都会工商界的同情与公愤，将以罢工罢市为同样之要求。政府知势不可侮，乃释放被逮诸生，决定不签和约，罢免曹、陆、章，于是五四运动之目的完全达到了。

五四运动之目的既达，北京各校的秩序均恢复，独北大因校长辞职问题，又起了多少纠纷。政府曾一度任命胡次珊君继任，而为学生所反对，不能到校；各方面都要我复职。我离校时本预定决不回去；不但为校务的困难，实因校务以外，常常有许多不相干的缠绕，度一种劳而无功的生活，所以启事上有"杀君马者道旁儿；民亦劳止，汔可小休；我欲小休矣"等语。但是隔了几个月，校中的纠纷，仍在非我回校，不能解决的状态中，我不得已，乃允回校。回校以前，先发表一文，告北京大学学生及全国学生联合会，告以学生救国，重在专研学术，不可常为救国运动而牺牲。到校后，在全体学生欢迎会演说，说明德国大学学长、校长均每年一换，由教授会公举；校长且由神学、医学、法学、哲学四科之教授轮值；从未生过纠纷，完全是教授治校的成绩。北大此后亦当组成健全的教授会，使学校决不因校长一人的去留而起恐慌。

那时候蒋梦麟君已允来北大共事，请他通盘计划，设立教务总务两处；及聘任财务等委员会，均以教授为委员。请蒋君任总务长，而顾孟余君任教务长。

北大关于文学哲学等学系，本来有若干基本教员，自从胡适之君到校后，声应气求，又引进了多数的同志，所以兴会较高一点。预定的自然科学、社会科学、文学、国学四种研究所，止有国学研究所先办起来了。在自然科学与社会科学方面，比较的困难一点。自民国九年起，自然科学诸系，请到了丁巽甫、颜任光、李润章诸君主持物理系，李仲揆君主持地质系；在化学系本有王抚五、陈聘丞、丁庶为诸君，而这时候又增聘程寰西、石蘅青诸君。在生物学系本已有钟宪鬯君在东南西南各省搜罗动植物标本，有李石曾君讲授学理，而这时候又增聘谭仲逵君。于是整理各系的实验室与图书室，使学生在教员指导之下，切实用功；改造第二院礼堂与庭园，使合于讲演之用。在社会科学方面，请到王雪艇、周鲠生、皮皓白诸君；一面诚意指导提起学生好学的精神，一面广购图书杂志，给学生以自由考索的工具。丁巽甫君以物理学教授兼预科主任，提高预科程度。于是北大始达到各系平均发展的境界。

我是素来主张男女平等的，九年，有女学生要求进校，以考期已过，姑录为旁听生。及暑假招考，就正式招收女生。有人问我："兼收女生是新法，为什么不先请教育部核准？"我说："教育部的大学令，并没有专收男生的规定；从前女生不来要求，所以没有女生；现在女生来要求，而程度又够得上，大学就没有拒绝的理。"这是男女同校的开始，后来各大学都兼收女生了。

我是佩服章实斋先生的，那时候国史馆附设在北大，我定了一个计划，分征集纂辑两股；纂辑股又分通史，民国史两类；均从长编入手。并编历史辞典。聘屠敬山、张蔚西、薛阆仙、童亦韩、徐贻孙诸君分任征集编纂等务。后来政府忽又有国史馆独立一案，别行组织。于是张君所编的民国史，薛、童、徐诸君所编的辞典，均因篇帙无多，视同废纸；止有屠君在馆中仍编他的蒙兀儿史，躬自保存，没有散失。

我本来很注意于美育的，北大有美学及美术史教课，除中国美术史由叶浩吾君讲授外，没有人肯讲美学，十年，我讲了十余次，因足疾进医院停止。至于美育的设备，曾设书法研究会，请沈尹默、马叔平诸君主持。设画书研究会，请贺履之、汤定之诸君教授国画；比国楷次君教授油画。设音乐研究会，请萧友梅君主持。均听学生自由选习。

我在爱国学社时，曾断发而习兵操，对于北大学生之愿受军事训练的，常特别助成；曾集这些学生，编成学生军，聘白雄远君任教练之责，亦请蒋百里、黄膺伯诸君到场演讲。白君勤恳而有恒，历十年如一日，实为难得的军人。

我在九年的冬季，曾往欧美考察高等教育状况，历一年回来。这期间的校长任务，是由总务长蒋君代理的。回国以后，看北京政府的情形，日坏一日，我处在与政府常有接触的地位，日想脱离。十一年冬，财政总长罗钧任君忽以金佛郎问题被逮，释放后，又因教育总长彭允彝君提议，重复收禁。我对于彭君此举，在公议上，认为是蹂躏人权献媚军阀的勾当；在私情上，罗君是我在北大的同事，而且于考察教育时为最密切的同伴，他的操守，为我所深信，我不免大抱不平。与汤尔和、邵飘萍、蒋梦麟诸君会商，均认有表示的必要。我于是一面递辞呈，一面离京。隔了几个月，贿选总统的布置，渐渐的实现；而要求我回校的代表，还是不绝，我遂于十二年七月间重往欧洲，表示决心；至十五年，始回国。那时候，京津间适有战争，不能回校一看。十六年，国民政府成立，我在大学院，试行大学区制，以北大划入北平大学区范围，于是我的北京大学校长的名义，始得取销。

综计我居北京大学校长的名义，十年有半；而实际在校办事，不过五年有半，一经回忆，不胜惭悚。

春来忆广州

老舍 / 文

　　我爱花。因气候、水土等等关系，在北京养花，颇为不易。冬天冷，院里无法摆花，只好都搬到屋里来。每到冬季，我的屋里总是花比人多。形势逼人！屋中养花，有如笼中养鸟，即使用心调护，也养不出个样子来。除非特建花室，实在无法解决问题。我的小院里，又无隙地可建花室！

　　一看到屋中那些半病的花草，我就立刻想起美丽的广州来。去年春节后，我不是到广州住了一个月吗？哎呀，真是了不起的好地方！人极热情，花似乎也热情！大街小巷，院里墙头，百花齐放，欢迎客人，真是"交友看花在广州"啊！

　　在广州，对着我的屋门便是一株象牙红，高与楼齐，盛开着一丛丛红艳夺目的花儿，而且经常有些很小的小鸟，钻进那朱红的小"象牙"里，如蜂采蜜。真美！只要一有空儿，我便坐在阶前，看那些花与小鸟。在家里，我也有一棵象牙红，可是高不及三尺，而且是种在盆子里。它入秋即放假休息，入冬便睡大觉，且久久不醒，直到端阳左右，它才开几朵先天不足的小花，绝对没有那种秀气的小鸟作伴！现在，它正在屋角打盹，也许跟我一样，正想念它的故乡广东吧？

春天到来，我的花草还是不易安排：早些移出去吧，怕风霜侵犯；不搬出去吧，又都发出细条嫩叶，很不健康。这种细条子不会长出花来。看着真令人焦心！

好容易盼到夏天，花盆都运至院中，可还不完全顺利。院小，不透风，许多花儿便生了病。特别由南方来的那些，如白玉兰、栀子、茉莉、小金桔、茶花……也不怎么就叶落枝枯，悄悄死去。因此，我打定主意，在买来这些比较娇贵的花儿之时，就认为它们不能长寿，尽到我的心，而又不作幻想，以免枯死的时候落泪伤神。同时，也多种些叫它死也不肯死的花草，如夹竹桃之类，以期老有些花儿看。

夏天，北京的阳光过暴，而且不下雨则已，一下就是倾盆倒海而来，势不可当，也不利于花草的生长。秋天较好。可是忽然一阵冷风，无法预防，娇嫩些的花儿就受了重伤。于是，全家动员，七手八脚，往屋里搬呀！各屋里都挤满了花盆，人们出来进去都须留神，以免绊倒！

真羡慕广州的朋友们，院里院外，四季有花，而且是多么出色的花呀！白玉兰高达数丈，干子比我的腰还粗！英雄气概的木棉，昂首天外，开满大红花，何等气势！就连普通的花儿，四季海棠与绣球什么的，也特别壮实，叶茂花繁，花小而气魄不小！看，在冬天，窗外还有结实累累的木瓜呀！真没法儿比！一想起花木，也就更想念朋友们！朋友们，快作几首诗来吧，你们的环境是充满了诗意的呀！

　　春节到了，朋友们，祝你们花好月圆人长寿，新春愉快，工作胜利！

我所知道的康桥

徐志摩 / 文

一

我这一生的周折，大都寻得出感情的线索。不论别的，单说求学。我到英国是为要从罗素。罗素来中国时，我已经在美国。他那不确的死耗传到的时候，我真的出眼泪不够，还做悼诗来了。他没有死，我自然高兴。我摆脱了哥仑比亚大博士衔的引诱，买船票过大西洋，想跟这位二十世纪的福禄泰尔[①]认真念一点书去。谁知一到英国才知道事情变样了：一为他在战时主张和平，二为他离婚，罗素叫康桥给除名了，他原来是Trinity College（剑桥大学三一学院）的Fellow（院士），这来他的Fellow-ship（研究员职位）也给取销了。他回英国后就在伦敦住下，夫妻两人卖文章过日子。因此我也不曾遂我

[①] 今译伏尔泰，法国启蒙思想家、哲学家和作家。——编者注

从学的始愿。我在伦敦政治经济学院里混了半年，正感着闷想换路走的时候，我认识了狄更生先生。狄更生（Galsworthy Lowes Dickinson）是一个有名的作者，他的《一个中国人通信》（Letters From John Chinaman）与《一个现代聚餐谈话》（A Modern Symposium）两本小册子早得了我的景仰。我第一次会著他是在伦敦国际联盟协会席上，那天林宗孟先生演说，他做主席；第二次是宗孟寓里吃茶，有他。以后我常到他家里去。他看出我的烦闷，劝我到康桥去，他自己是王家学院（Kings College）的Fellow。我就写信去问两个学院，回信都说学额早满了，随后还是狄更生先生替我去在他的学院里说好了，给我一个特别生的资格，随意选科听讲。从此黑方巾黑披袍的风光也被我占着了。初起我在离康桥六英里的乡下叫沙士顿地方租了几间小屋住下，同居的有我从前的夫人张幼仪女士与郭虞裳君。每天一早我坐街车（有时骑自行车）上学，到晚回家。这样的生活过了一个春，但我在康桥还只是个陌生人，谁都不认识，康桥的生活，可以说完全不曾尝着，我知道的只是一个图书馆，几个课室，和三两个吃便宜饭的茶食铺子。狄更生常在伦敦或是大陆上，所以也不常见他。那年的秋季我一个人回到康桥，整整有一学年，那时我才有机会接近真正的康桥生活，同时我也慢慢的"发见"了康桥。我不曾知道过更大的愉快。

<h2 style="text-align:center">二</h2>

"单独"是一个耐寻味的现象。我有时想它是任何发见的第一个条件。你要发见你的朋友的"真",你得有与他单独的机会。你要发见你自己的真,你得给你自己一个单独的机会。你要发见一个地方(地方一样有灵性),你也得有单独玩的机会。我们这一辈子,认真说,能认识几个人?能认识几个地方?我们都是太匆忙,太没有单独的机会。说实话,我连我的本乡都没有什么了解。康桥我要算是有相当交情的,再次许只有新认识的翡冷翠(注:佛罗伦萨)了。阿,那些清晨,那些黄昏,我一个人发痴似的在康桥!绝对的单独。

但一个人要写他最心爱的对象,不论是人是地,是多么使他为难的一个工作?你怕,你怕描坏了它,你怕说过分了恼了它,你怕说太谨慎了辜负了它。我现在想写康桥,也正是这样的心理,我不曾写,我就知道这回是写不好的——况且又是临时逼出来的事情。但我却不能不写,上期预告已经出去了。我想勉强分两节写,一是我所知道的康桥的天然景色,一是我所知道的康桥的学生生活。我今晚只能极简的写些,等以后有兴会时再补。

三

康桥的灵性全在一条河上；康河，我敢说，是全世界最秀丽的一条水。河的名字是葛兰大（Granta），也有叫康河（River Cam）的，许有上下流的区别，我不甚清楚。河身多的是曲折，上游是有名的拜伦潭（"Byrou's Pool"）当年拜伦常在那里玩的；有一个老村子叫格兰骞斯德，有一个果子园，你可以躺在累累的桃李树荫下吃茶，花果会掉入你的茶杯，小雀子会到你桌上来啄食，那真是别有一番天地。这是上游；下游是从骞斯德顿下去，河面展开，那是春夏间竞舟的场所。上下河分界处有一个坝筑，水流急得很，在星光下听水声，听近村晚钟声，听河畔倦牛刍草声，是我康桥经验中最神秘的一种：大自然的优美，宁静，调谐在这星光与波光的默契中不期然的淹入了你的性灵。

假如你站在王家学院桥边的那棵大椈树荫下眺望，右侧面，隔着一大方浅草坪，是我们的校友居（Fellows Building），那年代并不早，但它的妩媚也是不可掩的，它那苍白的石壁上春夏间满缀着艳色的蔷薇在和风中摇头，更移左是那教堂，森林似的尖阁不可沄的永远直指着天空；更左是克莱亚，阿！那不可信的玲珑的方庭，谁说这不是圣克莱亚（St.Clare）的化身，那一块石上不闪耀着她当年圣洁的精神？在克莱亚后背隐约可辨的是康桥最溃贵最骄纵的三清学院（Trinity），它那临河的图书楼上坐镇着拜伦神采惊人的雕像。

但这时你的注意早已叫克莱亚的三环洞桥魔术似的摄住。你见过西湖白堤上的西泠断桥不是（可怜它们早已叫代表近代丑恶精神的汽车公司给踩平了，现在它们跟着苍凉的雷峰永远辞别了人间）？你忘不了那桥上斑驳的苍苔，木栅的古色，与那桥拱下泄露的湖光与山色不是？克莱亚并没有那样体面的衬托，它也不比庐山栖贤寺旁的观音桥，上瞰五老的奇峰，下临深潭与飞瀑；它只是怯怜怜的一座三环洞的小桥，它那桥洞间也只掩映着细纹的波鳞与婆娑的树影，它那桥上栉比的小穿阑与阑节顶上双双的白石球，也只是村姑子头上不夸张的香草与野花一类的装饰；但你凝神的看着，更凝神的看着，你再反省你的心境，看还有一丝屑的俗念沾滞不？只要你审美的本能不曾汩灭时，这是你的机会实现纯粹美感的神奇！

但你还得选你赏鉴的时辰。英国的天时与气候是走极端的。冬天是荒谬的坏，逢著连绵的雾盲天你一定不迟疑的甘愿进地狱本身去试试；春天（英国是几乎没有夏天的）是更荒谬的可爱，尤其是它那四五月间最渐缓最艳丽的黄昏，那才真是寸寸黄金。在康河边上过一个黄昏是一服灵魂的补剂。阿！我那时蜜甜的单独，那时蜜甜的闲暇。一晚又一晚的，只见我出神似的倚在桥阑上向西天凝望：

　　看一回凝静的桥影，

　　数一数螺细的波纹：

　　我倚暖了石阑的青苔，

　　青苔凉透了我的心坎；

　　……

　　还有几句更笨重的怎能仿佛那游丝似轻妙的情景：

　　难忘七月的黄昏，远树凝寂，

　　像墨泼的山形，衬出轻柔暝色，

　　密稠稠，七分鹅黄，三分橘绿，

　　那妙意只可去秋梦边缘捕捉；

　　……

四

　　这河身的两岸都是四季常青最葱翠的草坪。从校友居的楼上望去，对岸草场上，不论早晚，永远有十数匹黄牛与白马，胫蹄没在恣蔓的草丛中，从容的在咬嚼，星星的黄花在风中动荡，应和着它们尾鬃的扫拂。桥的两端有斜倚的垂柳与槲荫护住。水是澈底的清澄，深不足四尺，匀匀的长着长条的水草。这岸边的草坪又是我的爱宠，在清朝，在傍晚，我常去这天然的织锦上坐地，有时读书，有时看水；有时仰卧着看天空的行云，有时反仆着搂抱大地的温软。

但河上的风流还不止两岸的秀丽。你得买船去玩。船不止一种：有普通的双桨划船，有轻快的薄皮舟（Canoe），有最别致的长形撑篙船（Punt）。最末的一种是别处不常有的：约莫有二丈长，三尺宽，你站直在船梢上用长竿撑着走的。这撑是一种技术。我手脚太蠢，始终不曾学会。你初起手尝试时，容易把船身横住在河中，东颠西撞的狼狈。英国人是不轻易开口笑人的，但是小心他们不出声的皱眉！也不知有多少次河中本来优闲的秩序叫我这莽撞的外行给搅乱了。我真的始终不曾学会；每回我不服输跑去租船再试的时候，有一个白胡子的船家往往带讥讽的对我说："先生，这撑船费劲，天热累人，还是拿个薄皮舟溜溜吧！"我哪里肯听话，长篙子一点就把船撑了开去，结果还是把河身一段段的腰斩了去！

你站在桥上去看人家撑，那多不费劲，多美！尤其在礼拜天有几个专家的女郎，穿一身缟素衣服，裙裾在风前悠悠的飘着，戴一顶宽边的薄纱帽，帽影在水草间颤动，你看她们出桥洞时的姿态，捻起一根竟像没分量的长竿，只轻轻的，不经心的往波心里一点，身子微微的一蹲，这船身便波的转出了桥影，翠条鱼似的向前滑了去。她们那敏捷，那闲暇，那轻盈，真是值得歌咏的。

在初夏阳光渐暖时你去买一支小船，划去桥边荫下躺着念你的书或是做你的梦，槐花香在水面上飘浮，鱼群的唼喋声在你的耳边挑逗。或是在初秋的黄昏，近着新月的寒光，望上流僻静处远去。爱热闹的少年们携着他们的女友，在船沿上支着双双的东洋彩纸灯，带着话匣子，船心里用软垫铺着，也开向无人迹处去享他们的野福——谁不爱听那水底翻的音乐在静定的河上描写梦意与春光！

住惯城市的人不易知道季候的变迁。看见叶子掉知道是秋，看见叶子绿知道是春；天冷了装炉子，天热了拆炉子；脱下棉袍，换上夹袍，脱下夹袍，穿上单袍；不过如此罢了。天上星斗的消息，地下泥土里的消息，空中风吹的消息，都不关我们的事。忙着哪，这样那样事情多着，谁耐烦管星星的移转，花草的消长，风云的变幻？同时我们抱怨我们的生活，苦痛，烦闷，拘束，枯燥，谁肯承认做人是快乐？谁不多少间咒诅人生？

但不满意的生活大都是由于自取的。我是一个生命的信仰者，我信生活决不是我们大多数人仅仅从自身经验推得的那样暗惨。我们的病根是在"忘本"。人是自然的产儿，就比枝头的花与鸟是自然的产儿；但我们不幸是文明人，入世深似一天，离自然远似一天。离开了泥土的花草，离开了水的鱼，能快活吗？能生存吗？从大自然，我们取得我们的生命；从大自然，我们应分取得我们继续的滋养。那一株婆娑的大木没有盘错的根柢深入在无尽藏的地里？我们是永远不能独立的。有幸福是永远不离母亲抚育的孩子，有健康是永远接近自然的人们。不必一定与鹿豕游，不必一定回"洞府"去；为医治我们当前生活的枯窘，只要"不完全遗忘自然"一张轻淡的药方我们的病象就有缓和的希望。在青草里打几个滚，到海水里洗几次浴，到高处去看几次朝霞与晚照——你肩背上的负担就会轻松了去的。

这是极肤浅的道理，当然。但我要没有过过康桥的日子，我就不会有这样的自信。我这一辈子就只那一春，说也可怜，算是不曾虚度。就只那一春，我的生活是自然的，是真愉快的！（虽则碰巧那也是我最感受人生痛苦的时期。）我那时有的是闲暇，有的是自由，有的是绝对单独的机会。说也奇怪，竟像是第一次，我辨认了星月的光明，草的青，花的香，流水的殷勤。我能忘记那初春的睥睨吗？曾经有多少个清晨我独自冒着冷去薄霜铺地的林子里闲步——为听鸟语，为盼朝阳，为寻泥土里渐次苏醒的花草，为体会最微细最神妙的春信。阿，那是新来的画眉在那边凋不尽的青枝上试它的新声！阿，这是第一朵小雪球花挣出了半冻的地面！阿，这不是新来的潮润沾上了寂寞的柳条？

静极了，这朝来水溶溶的大道，只远处牛奶车的铃声，点缀这周遭的沉默。顺着这大道走去，走到尽头，再转入林子里的小径，往烟雾浓密处走去，头顶是交枝的榆荫，透露着漠楞楞的曙色；再往前走去，走尽这林子，当前是平坦的原野，望见了村舍，初青的麦田，更远三两个馒形的小山掩住了一条通道。天边是雾茫茫的，尖尖的黑影是近村的教寺。听，那晓钟和缓的清音。这一带是此邦中部的平原，地形像是海里的轻波，默沉沉的起伏；山岭是望不见的，有的是常青的草原与沃腴的田壤。登那土阜上望去，康桥只是一带茂林，拥戴着几处娉婷的尖阁。妩媚的康河也望不见踪迹，你只能循著那锦带似的林木想象那一流清浅。村舍与树林是这地盘上的棋子，有村舍处有佳荫，有佳荫处有村舍。这早起是看炊烟的时辰：朝雾渐渐的升起，揭开了这灰苍苍的天幕，（最好是微霭后的光景）远近的炊烟，成丝的，成缕的，成卷的，轻快的，迟重的，浓灰的，淡青的，惨白的，在静定的朝气里渐渐的上腾，渐渐的不见，仿佛是朝来人们的祈祷，参差的翳入了天厅。朝阳是难得见的，这初春的天气。但它来时是起早人莫大的愉快。顷刻间这田野添深了颜色，一层轻纱似的金粉糁上了这草，这树，这通道，这庄舍。顷刻间这周遭弥漫了清晨富丽的温柔。顷刻间你的心怀也分润了白天诞生的光荣。"春"！这胜利的晴空仿佛在你的耳边私语。"春"！你那快活的灵魂也仿佛在那里回响。

　　伺候着河上的风光，这春来一天有一天的消息。关心石上的苔痕，关心败草里的花鲜，关心这水流的缓急，关心水草的滋长，关心天上的云霞，关心新来的鸟语。怯怜怜的小雪球是探春信的小使。铃兰与香草是欢喜的初声。窈窕的莲馨，玲珑的石水仙，爱热闹的克罗克斯，耐辛苦的蒲公英与雏菊——这时候春光已是缦烂在人间，更不须殷勤问讯。

瑰丽的春放。这是你野游的时期。可爱的路政，这里不比中国，哪一处不是坦荡荡的大道？徒步是一个愉快，但骑自转车是一个更大的愉快。在康桥骑车是普遍的技术；妇人，稚子，老翁，一致享受这双轮舞的快乐。（在康桥听说自转车是不怕人偷的，就为人人都自己有车，没人要偷。）任你选一个方向，任你上一条通道，顺着这带草味的和风，放轮远去，保管你这半天的逍遥是你性灵的补剂。这道上有的是清荫与美草，随地都可以供你休憩。你如爱花，这里多的是锦绣似的草原。你如爱鸟，这里多的是巧啭的鸣禽。你如爱儿童，这乡间到处是可亲的稚子。你如爱人情，这里多的是不嫌远客的乡人，你到处可以"挂单"借宿，有酪浆与嫩薯供你饱餐，有夺目的果鲜恣你尝新。你如爱酒，这乡间每"望"都为你储有上好的新酿，黑啤如太浓，苹果酒姜酒都是供你解渴润肺的。……带一卷书，走十里路，选一块清静地，看天，听鸟，读书，倦了时，和身在草绵绵处寻梦去——你能想象更适情更适性的消遣吗？

陆放翁有一联诗句："传呼快马迎新月，却上轻舆趁晚凉。"这是做地方官的风流。我在康桥时虽没马骑，没轿子坐，却也有我的风流：我常常在夕阳西晒时骑了车迎着天边扁大的日头直追。日头是追不到的，我没有夸父的荒诞，但晚景的温存却被我这样偷尝了不少。有三两幅画图似的经验至今还是栩栩的留着。只说看夕阳，我们平常只知道登山或是临海，但实际只须辽阔的天际，平地上的晚霞有时也是一样的神奇。有一次我赶到一个地方，手把着一家村庄的篱笆，隔着一大田的麦浪，看西天的变幻。有一次是正冲着一条宽广的大道，过来一大群羊，放草归来的，偌大的太阳在它们后背放射着万缕的金辉，天上却是乌青青的，只剩这不可逼视的威光中的一条大路，一群生物！我心头顿时感着神异性的压迫，我真的跪下了，对着这冉冉渐翳的金光。再有一次是更不可忘的奇景，那是临着一大片望不到头的草原，满开着艳红的罂粟，在青草里亭亭的像是万盏的金灯，阳光从褐色云里斜着过来，幻成一种异样的紫色，透明似的不可逼视，刹那间在我迷眩了的视觉中，这草田变成了……不说也罢，说来你们也是不信的！

　　一别二年多了，康桥，谁知我这思乡的隐忧？也不想别的，我只要那晚钟撼动的黄昏，没遮拦的田野，独自斜倚在软草里，看第一个大星在天边出现！

乡曲的狂言

许地山 / 文

在城市住久了，每要害起村庄的相思病来。我喜欢到村庄去，不单是贪玩那不染尘垢的山水，并且爱和村里的人攀谈。我常想着到村里听庄稼人说两句愚拙的话语，胜过在郡邑里领受那些智者的高谈大论。

这日，我们又跑到村里拜访耕田的隆哥。他是这小村的长者，自己耕着几亩地，还艺一所菜园。他的生活倒是可以羡慕的。他知道我们不愿意在他矮陋的茅屋里，就让我们到篱外的瓜棚底下坐坐。

横空的长虹从前山的凹处吐出来，七色的影印在清潭的水面。我们正凝神看着，蓦然听得隆哥好像对着别人说："冲那边走罢，这里有人。"

"我也是人，为何这里就走不得？"我们转过脸来，那人已站在我们跟前。那人一见我们，应行的礼，他也懂得。我们问过他的姓名，请他坐。隆哥看见这样，也就不作声了。

我们看他不像平常人，但他有什么毛病，我们也无从说起。他对我们说："自从我回来，村里的人不晓得当我做个什么。我想我并没有坏意思，我也不打人，也不叫人吃亏，也不占人便宜，怎么他们就这般地欺负我——连路也不许我走？"

和我同来的朋友问隆哥说："他的职业是什么？"隆哥还没作声，他便说："我有事做，我是有职业的人。"说着，便从口袋里掏出一本小折子来，对我的朋友说，"我是做买卖的。我做了许久了，这本折子里所记的账不晓得是人该我的，还是我该人的，我也记不清楚，请你给我看看。"他把折子递给我的朋友，我们一同看，原来是同治年间的废折！我们忍不住大笑起来，隆哥也笑了。

隆哥怕他招笑话，想法子把他哄走。我们问起他的来历，隆哥说他从小在天津做买卖，许久没有消息，前几天刚回来的。我们才知道他是村里新回来的一个狂人。

隆哥说："怎么一个好好的人到城市里就变成一个疯子回来？我听见人家说城里有什么疯人院，是造就这种疯子的。你们住在城里，可知道有没有这回事？"

我回答说："笑话！疯人院是人疯了才到里边去；并不是把好好的人送到那里教疯了放出来的。"

"既然如此，为何他不到疯人院里住，反跑回来，到处骚扰？"

"那我可不知道了。"我回答时，我的朋友同时对他说："我们也是疯人，为何不到疯人院里住？"

隆哥很诧异地问："什么？"

我的朋友对我说："我这话，你说对不对？认真说起来，我们何尝不狂？要是方才那人才不狂呢。我们心里想什么，口又不敢说，手也不敢动，只会装出一副脸孔；倒不如他想说什么便说什么，想做什么就做什么，那分诚实，是我们做不到的。我们若想起我们那些受拘束而显出来的动作，比起他那真诚的自由行动，岂不是我们倒成了狂人？这样看来，我们才疯，他并不疯。"

隆哥不耐烦地说："今天我们都发狂了，说那个干什么？我们谈别的罢。"

瓜棚底下闲谈，不觉把印在水面长虹惊跑了。隆哥的儿子赶着一对白鹅向潭边来。我的精神又贯注在那纯净的家禽身上。鹅见着水也就发狂了。他们互叫了两声，便拍着翅膀趋入水里，把静明的镜面踏破。

泰山极顶

杨朔 / 文

泰山极顶看日出历来被描绘成十分壮观的奇景。有人说：登泰山而看不到日出，就像一出大戏没有戏眼，味儿终究有点寡淡。

我去爬山那天，正赶上个难得的好天，万里长空，云彩丝儿都不见，素常烟雾腾腾的山头，显得眉目分明。同伴们都欣喜地说："明儿早晨准可以看见日出了。"我也是抱着这种想头，爬上山去。

一路从山脚往上爬，细看山景，我觉得挂在眼前的不是五岳独尊的泰山，却像一幅规模惊人的青绿山水画，从下面倒展开来。最先露出在画卷的是山根底那座明朝建筑岱宗坊，慢慢地便现出王母池、斗母宫、经石峪。山是一层比一层深，一叠比一叠奇，层层叠叠，不知还会有多深多奇。万山丛中，时而点染着极其工细的人物。王母池旁边吕祖殿里有不少尊明塑，塑着吕洞宾等一些人，姿态神情是那样有生气，你看了，不禁会脱口赞叹说："活啦。"

画卷继续展开，绿荫森森的柏洞露面不太久，便来到对松山。两面奇峰对峙着，满山峰都是奇形怪状的老松，年纪怕不有个千儿八百年，颜色竟那么浓，浓得好像要流下来似的。来到这儿，你不妨权当一次画里的写意人物，坐在路旁的对松亭里，看看山色，听听流水和松涛。也许你会同意乾隆题的"岱宗最佳处"的句子。且慢，不如继续往上看的为是……

一时间，我又觉得自己不仅是在看画卷，却又像是在零零乱乱翻着一卷历史稿本。在山下岱庙里，我曾经抚摸过秦朝李斯小篆的残碑。上得山来，又在"孔子登临处"立过脚，秦始皇封的五大夫松下喝过茶，还看过汉枚乘称道的"泰山穿雷石"，相传是晋朝王羲之或者陶渊明写的斗大的楷书金刚经的石刻。将要看见的唐代在大观峰峭壁上刻的《纪泰山铭》自然是珍品，宋元明清历代的遗迹更像奇花异草一样，到处点缀着这座名山。一恍惚，我觉得中国历史的影子仿佛从我眼前飘忽而过。你如果想捉住点历史的影子，尽可以在朝阳洞那家茶店里挑选几件泰山石刻的拓片。除此而外，还可以买到泰山出产的杏叶参、何首乌、黄精、紫草一类名贵药材。我们在这里泡了壶山茶喝，坐着歇乏，看见一堆孩子围着群小鸡，正喂蚂蚱给小鸡吃。小鸡的毛色都发灰，不像平时看见的那样。一问，卖茶的妇女搭言说："是俺孩子他爹上山挖药材，捡回来的一窝小山鸡。"怪不得呢。有两只小山鸡争着饮水，蹬翻了水碗，往青石板上一跑，满石板印着许多小小的"个"字。我不觉望着深山里这户孤零零的人家想："山下正闹大集体，他们还过着这种单个的生活，未免太与世隔绝了吧？"

从朝阳洞再往上爬，渐渐接近十八盘，山路越来越险，累得人发喘。这时我既无心思看画，又无心思翻历史，只觉得像在登天。历来人们也确实把爬泰山看做登天。不信你回头看看来路，就有云步桥、一天门、中天门一类上天的云路。现时悬在我头顶上的正是南天门。幸好还有石磴造成的天梯。顺着天梯慢慢爬，爬几步，歇一歇，累得腰酸腿软，浑身冒汗。忽然有一阵仙风从空中吹来，扑到脸上，顿时觉得浑身上下清爽异常。原来我已经爬上南天门，走上天街。

黄昏早已落到天街上，处处飘散着不知名儿的花草香味。风一吹，朵朵白云从我身边飘浮过去，眼前的景物渐渐都躲到夜色里去。我们在青帝宫寻到个宿处，早早睡下，但愿明天早晨能看到日出。可是急人得很，山头上忽然漫起好大的云雾，又浓又湿，悄悄挤进门缝来，落到枕头边上，我还听见零零星星几滴雨声。我有点焦虑，一位同伴说："不要紧。山上的气候一时晴，一时阴，变化大得很，说不定明儿早晨是个好天，你等着看日出吧。"

等到明儿早晨，山头上的云雾果然消散，只是天空阴沉沉的，谁知道会不会忽然间晴朗起来呢？不管怎样，我们还是冒着早凉，一直爬到玉皇顶，这儿便是泰山的极顶。

一位须髯飘飘的老道人陪我们立在泰山极顶上，指点着远近风景给我们看，最后带着惋惜的口气说："可惜天气不佳，恐怕你们看不见日出了。"

我的心却变得异常晴朗，一点都没有惋惜的情绪。我沉思地望着极远极远的地方，我望见一幅无比壮丽的奇景。瞧那莽莽苍苍的齐鲁大原野，多有气魄。过去，农民各自摆弄着一小块地，弄得祖国的原野像是老和尚的百衲衣，零零碎碎的，不知有多少小方块拼织到一起。眼前呢，好一片大田野，全联到一起，就像公社农民联的一样密切。麦子刚刚熟，南风吹动处，麦浪一起一伏，仿佛大地也漾起绸缎一般的锦纹。再瞧那渺渺茫茫的天边，扬起一带烟尘。那不是什么"齐烟九点"，同伴告诉我说那也许是炼铁厂。铁厂也好，钢厂也好，或者是别的什么工厂也好，反正那里有千千万万只精巧坚强的手，正配合着全国人民一致的节奏，用钢铁铸造着祖国的江山。

你再瞧，那在天边隐约闪亮的不就是黄河，那在山脚缠绕不断的自然是汶河。那拱卫在泰山膝盖下的无数小馒头却是徂徕山等许多著名的山岭。那黄河和汶河又恰似两条飘舞的彩绸，正有两只看不见的大手在耍着；那连绵不断的大小山岭却又像许多条龙灯，一齐滚舞——整个山河都在欢腾着啊。

如果说泰山是一大幅徐徐展开的青绿山水画，那么这幅画到现在才完全展开，露出画卷最精彩的部分。

如果说我在泰山路上是翻着什么历史稿本，那么现在我才算翻到我们民族真正宏伟的创业史。

我正在静观默想，那个老道人客气地赔着不是，说是别的道士都下山割麦子去了，剩他自己，也顾不上烧水给我们喝。我问他给谁割麦子，老道人说："公社啊。你别看山上东一户，西一户，也都组织到公社里去了。"我记起自己对朝阳洞那家茶店的想法，不觉有点内愧。

有的同伴认为没能看见日出，始终有点美中不足。同志，你还有什么不满意的？其实我们分明看见另一场更加辉煌的日出。这轮晓日从我们民族历史的地平线上一跃而出，闪射着万道红光，照临到这个世界上。

伟大而光明的祖国啊，愿你永远"如日之升"！

有时候，书只不过被当作催眠的利器，

然而，一本书能让失眠的人睡去，也能让沉睡的人醒来。

有多少书，能让我们看清这个世界，成为我们看不见的竞争力；

又有多少书，能让我们在看清这个世界的同时，仍旧热爱这个世界。

阅读增添感性，也是一种新的性感。

你所读过的任何书，都会进入你的心灵和血肉，并最终构成你最甜美的部分。

关于人生大问题的答案，要你自己去慢慢拼凑；

但一本本的书给出的小小回答，却可以帮你抵抗终极的恐惧。

我们的一生有限，你想去的地方，你要做的事情，也许总不能完全成为现实。

唯有读书的时候，你可以在灵魂中撒点儿野。

要知道，人生终须一次妄想，带领我们抵达未知的生命。

你的时间那么贵，要留给懂你的人。

六人行秉承"爱与阅读不可辜负"，个人发展学会坚持"陪你成长，持续精进"。

我们想让你在爱的路上想爱就爱，在成长的路上一直成长。

我们，也想要成为你精彩人生中不可或缺的一部分。

在您还没有和这本书开始灵魂碰撞之前，我们想先送您一份见面礼：

福利一：关注微信公众号：个人发展读书会，在公众号回复【365】，即可免费加入《365天读书计划》，一年读50本书，唯爱与阅读不可辜负！

福利二：关注微信公众号：个人发展读书会，在公众号回复【14】，即可免费获得价值199元的14天沟通力提升训练营，轻松成为沟通达人！

福利三：关注微信公众号：个人发展读书会，在公众号内回复【咨询】，您将可以获得资深职业辅导师一次一对一的职业咨询，手把手帮您解决职业烦恼，用持续精确的努力，获得丰厚的职业回报！

我们鼓起勇气，冒昧地给未曾谋面的您，准备了这样一份礼物。如果您愿意收下，我们会为遇到了知音感到欣喜；如果您对这份礼物不感兴趣，我们也期待在未来的某一天，我们会再次相遇。

唯爱与阅读不可辜负

扫码有惊喜